かんたん短歌の作り方

枡野浩一

筑摩書房

かんたん短歌の作り方　目次

かんたん短歌の作り方

挿　画　後藤グミ
ブックデザイン　篠田直樹（bright light）

文庫本まえがき

バイブル、と呼ばれたこともあります。

バイエル、と呼ばれたこともあります。

本書は今のところ、世界で一番「親切」な短歌入門書ですが、短歌になんか興味がないという方にこそ読んでいただきたい一冊です。

映画脚本家や小説家としても活躍する広告プランナー、高崎卓馬さんと公開対談したことがあります。高崎さんは『かんたん短歌の作り方』の要点をスクリーンに映し、広告コピー講座をやってくださいました。それは広告界で仕事をしたいと考える若者たちには大好評でした。本書は短歌という創作活動に限らず、「言葉で何かを伝えたい」と考えるすべての方の参考になるのでは、と自負しています。

なお『かんたん短歌の作り方』の単行本の帯には、糸井重里さんの推薦文が印刷されていました。私の短歌を最も早い時期に面白がってくださったのは、コピーライターの一倉宏さんなど、広告の作り手だった気がします。

それはもともと広告の作り手になりたかった私には光栄なことでした。短歌を「高尚な芸術」と捉えたい方にとっては、本書は愉快ではないかもしれませんが、だからこそ反面教師として参考になることも書いてあると思います。

本書がきっかけとなってデビューした歌人、加藤千恵さんや佐藤真由美さんは現在、それぞれ小説家や作詞家としても活躍中です。たまたま才能のある方が私のまわりに集まってきただけだったとはいえ、彼女たちの快進撃は、師を持たない歌人である私の誇りです。

十四年前に刊行した本の文庫版であり、当時とは考えが変わった箇所もあります。それらは注釈や「文庫本あとがき」で補足します。本文で現在入手困難になった類書を多く紹介していますが、インターネットのおかげでそういった本も昔より入手しやすくなりました。

樽で十四年間熟成させたという、一杯数万円する珈琲ほどではないにしても、時を経ることで本書に新たな味わいが生じてくれていたとしたら、これ以上の喜びはありません。

二〇一四年四月末日

枡野浩一（歌人）

単行本まえがき（かんたん短歌、かんたんか？）

上から読んでもカンタンタンカ。下から読んでもカンタンタンカ。

かんたん短歌塾、という名前の短歌講座を、ＮＨＫ総合テレビの昼番組『スタジオパークからこんにちは』の中で担当しています（二〇〇〇年当時。以下同じ）。簡単な言葉だけでつくられているのに、読むと思わず感嘆してしまうような短歌。……それが、私のめざしている「かんたん短歌」です。

〼

こんにちは、枡野浩一です。

ますの・こういち、と読みます。

世界でたぶん二番目くらいに売れてる歌人、枡野浩一。でも一番売れてる人が売れすぎているのであまり目立ちません。

かんたん短歌塾は月に一回のペースで生放送しているのですが、ＮＨＫだから自分の本の宣伝をするわけにもいかず、もどかしい思いをしてますの。

あ、この「〜ますの」という語尾をつかって話すのも、本当はとても恥ずかしいです。でも、せめて自分の名前だけでも視聴者の皆さんに印象づけなくてはと思い、顔が赤らむのをぐっとこらえながら、勇気をふりしぼって口にしてますの。本当。

ＮＨＫのスタッフの人に、無理やり言わされているから照れているのではありません。それだけは誤解しないで！

テレビに出たりするのは、本当はものすごくニガテです。とってもシャイな三十二歳。今年の春、二児の父になりました。

つるつる頭だけど、こう見えて、けっこう苦労人なんです。

ちなみに、この頭は「スキンヘッド」という髪型で、毎日苦労してつるつるに仕上げています。ハゲているわけではありません。それだけは誤解しないで！

ちなみに「かんたん短歌」というのは、私の短歌をみた糸井重里さんが命名してくださったものです。

ＮＨＫのスタッフの人や、古谷アナウンサーが考案した言葉ではありません。それだけは誤解しないで！

〼

誤解といえば、「かんたん短歌は簡単につくれる短歌」と思っている方も、いらっしゃるかもしれません。

ちがうんです。それだけは誤解しないでください！

かんたん短歌をつくるのは、じつはけっして「簡単」ではありません。

NHKには毎回ものすごい数の短歌が送られてきますので、その中から厳選された傑作たちは、かなり面白い。私も毎回、視聴者の皆さんから届くハガキやファックスや電子メールを心待ちにしています。

けれど正直なところ、私が心から面白いと思える傑作は、膨大な投稿作品の中のほんのひとつまみ。そのことを毎回、放送のたびに痛感させられます。

私自身、「かんたん短歌」をつくりはじめて十二年以上たちますが、自分で納得できる作品（＝これまで出した三冊の短歌集に収録した全作品）の数は、二百にも満たないのです。

□

たとえば、番組の中で、「人気漫画『ドラえもん』の感想文を短歌で書いてみましょう」という宿題を出したときには、こんな傑作が届きました。

旅先じゃ
あんなにいいやつ
だったのに

またジャイアンは
ジャイアンになる　（石川誠壱）

……映画版ドラえもんを観たことのある人なら、だれもがうなずいてしまいたくなる主張を、的確な言葉づかいで短歌にしています。〈またジャイアンは／ジャイアンになる〉という言いまわしがいいですね。同じ意味のことを下手くそな人が表現すると、〈ジャイアンはまた／乱暴者に！〉などと、言葉足らずな仕上げにしてしまいがちです。

また、「人気映画『男はつらいよ』の感想文を短歌で書いてみましょう」という宿題のときには、こんな傑作が届きました。

面識は
ないけどきっと
寅さんは
女になっても
つらいと思う　（伊勢谷小枝子）

……あの顔のまんま女性になった寅さんをついつい想像してしまう、恐ろしい短歌です。〈面識は／ないけどきっと〉という奥ゆかしい前置きが、この短歌のブラックな主張をいっそう引き立てていますね。『男はつらいよ』の感想文を短歌で書こうとすると、おうおうにして「女もつらいの」みたいな、ひねりのない主張を書いてしまいがち。その点、この短歌は一見だれにでも書けそうで、この作者にしか書けなかった作品だと思います。

皆さんも自分でつくってみれば、きっと実感していただけるでしょう。

かんたん短歌って、大変なんです。

□

かんたん短歌をつくるのは、なぜむずかしいか？

……理由は、簡単です。

自分の考えを、簡単な言葉だけしかつかわずに、わかりやすく表現するためには、とてつもないテクニックが必要だからです。

そんなあたりまえのことを、私たちはつい忘れてしまう。

むずかしげな言葉ばかりをつかった、何度読んでもよくわからない表現のほうが、なんとなく上等なのではないかとカンチガイしてしまうのです。

何度読んでもよくわからない表現なんて、本当は、失敗作なのではないか？　むずかしげな言葉でしか話せない人って、本当は、頭が悪いのではないか？　むずかしげな言葉で書かれたものを簡単な言葉にしてみたら、中身はからっぽなのでは？

……そんな素朴な疑問から、かんたん短歌はスタートしています。

〼

かんたん短歌のルールは、とてもシンプルです。

【ア、あくまで五七五七七で！】

短歌というのは、「言葉の音数がぴったり五／七／五／七／七になっている文章」です。それ以外のきまりごとはありません。季語もいりません（季語をいれるのは俳句です）。

初心者のうちは指で音数をかぞえてもかまいませんが、五七五七七のリズムを絶えず意識して短歌を読むようにすれば、イチイチかぞえなくても五七五七七にぴったり言葉をはめることができるようになってきます。

かなしみは
だれのものでも
ありがちで
ありふれていて
おもしろくない　（枡野浩一）

のように、「五七五七七の切れ目」と「文章の切れ目」が一致している短歌もあるし、

好きだった
雨、雨だった
あのころの
日々、あのころの
日々だった君　（枡野浩一）

のように、「五七五七七の切れ目」と「文章の切れ目」をわざとズラしてある短歌もあります。が、どちらの短歌も、字余りや字足らずは一カ所もなく、七五調のリズムを十全に活かしている……その点を意識して、味わってみてください。最初のうち

は、実際に声に出して読んでみるといいかもしれません。

なお、今ここで短歌を五行に分けて紹介したのは、あくまで説明のためです。短歌は原則として一行で、タテ書きで表記してください。五七五七七の切れ目ごとに「一文字あき」をいれたりすると、シロウトくさくなるのでやめましょう。

無理してる自分の無理も自分だと思う自分も無理する自分（枡野浩一）

というふうに、一気につなげて書いてしまっていいのです。「一文字あき」は、いれないとどうしても読みにくくなってしまう場合だけ、控え目にいれるのがコツです。句読点（テンやマル）も、さきほどの〈好きだった雨、雨だった～〉のような例外は別として、一切つけないことをおすすめします（その理由は本書「作り方」の章で説明します）。

【イ、いつもの言葉づかいで！】

いつもの言葉づかい以外、絶対につかわないでください。短歌だからといって「～なり」とかいう古文調の語尾をつかうのは馬鹿げています。あなたが日頃から平安時代の言葉で会話しているというのなら話は別ですが。必ず現代の言葉だけをつかうようにしてください。

ただし、日常の「しゃべり言葉」をそのまま短歌にとりいれようとすると、少々まぬけな仕上がりになってしまうことも多いのです。私が自分で短歌をつくる場合は、「現代の書き言葉」を基本にするようにしています（その理由は本書「作り方」の章で説明します）。

【ウ、嘘をついてでも面白く！】

ありのままの出来事を、すなおに書くのはやめてください。嘘をついてもいいから、面白く書きましょう。「主張したいこと」や「表現したい気持ち」の部分は、本当のことを書く。その「主張したいこと」や「表現したい気持ち」を読者にうまく伝えるために、積極的に嘘（＝フィクション）を利用するのです。

読者は気まぐれです。つまらないものには、見向きもしてくれません。

常に読者の目を意識して、わかりやすく、面白く言葉をつむいでいくこと。

サービス精神を忘れず、なおかつ自分の言いたいことの本質を見失わないでいること。

……これがマスノ式かんたん短歌の、今までになかった、まったく新しいスタンスです。

〼

かんたん短歌は、ごまかしのきかない短歌です。

あなたの考え方、あなたの生き方が、ダイレクトに表現されてしまう。

読んだ瞬間に意味がわかるから、「こんな短歌、全然面白くない！」と、言われてしまうかもしれない。

文法的に変なところがあると、「下手くそだなあ」と、すぐにバレてしまう。

でも、だからこそ、かんたん短歌をつくるときの私たちは平等です。

私は「かんたん短歌塾」の先生ではあるけれど、教え子の皆さんがつくった短歌のほうが先生の短歌より何倍も面白いなんてこと、ざらにあるのです。

〼

本書『かんたん短歌の作り方』は、私、枡野浩一が初めてまとめた短歌入門書です。

本書の中で私は、「マスノ短歌教」という、言葉の上でしか存在しない宗教の教祖となって、かんたん短歌の作り方を伝授していきます。

マスノ短歌教は一九九七年の十二月に誕生しました。

私は「教祖マスノ」という名前で少女漫画誌「キューティ・コミック」に登場し（最初のころはまだ髪がふさふさでした）、信者になりたいという少女たちが投稿してくれた短歌をもとに、厳しい短歌の修行を重ねてきたのです。

もちろん、信者のほうが教祖より才能があるなんてこと、ざらにあるのがマスノ短歌教のすごいところです。

そのすごさは、本書の「作品集」の章を読んでいただければ一目瞭然でしょう。

ほんのひとときでかまいません、あなたもマスノ短歌教を信じてみませんか？

作り方（やさしく書くってことはなんてむずかしいんだろう）

一、何かを言いたいとき五七五七七のリズムを活用すると、強引な意見でもモットモらしく見えます。

マスノ短歌教へようこそ。

こんにちは、教祖の枡野浩一です。

教祖なのに丁寧語。これが二十一世紀をクリエイトするまったく新しい宗教です。マスノ短歌教。覚えましたか。俳句じゃなくて短歌ですからね。絶対、そこだけはまちがえないで。[*1]

マスノっていうのは、教祖の名前「枡野」からとりました。それにプラスして、「ＭＡＳＳ（多数派）にＮＯ（反論）を！」という、孤高な教祖の姿勢もあらわしています。ちなみに、「ノ・マス」っていうスペイン語があって、「もう、やめた」という意味なんです。それをひっくり返すと「まだ、あきらめない」。そんな前向きな気持ちも、ちょっぴり隠し味にしてみました。

この世で一番フレンドリーな教祖をめざす、枡野浩一です。まだ若いし、失敗することもあるだろうけど、みんなと一緒にがんばっていこうと思います。教祖というより、兄貴みたいな感じでつきあってほしいですね。

宗教っていうと、難しく考えがちだけど、大丈夫。マスノ短歌教は初心者でも簡単に始められる、心に優しい宗教です。用意するのはハガキとペンだけ。お布施なんか一切不要。月々五十円程度でラクラク信仰できます。

やり方は、今あなたの思っていることを、五七五七七の文章（短歌）にまとめて、ハガキに書いて送るだけ。宛先は「キューティ・コミック」[*2]編集部、マスノ教祖様まで。短歌は、原則としてタテ書きで、一行で書いてください。読みやすく、ね。作品を掲載させてもらう方には、薄謝進呈します。掲載作の著作権は教祖マスノに属しますが、教祖は太っ腹なので、信者の皆さんが自分の短歌を本にまとめたりしたい場合は、ご自由にどうぞ。そのかわり、マスノ短歌教の単行本がベストセラーになって、教祖が大儲けしたりしても、が・ま・ん。

まだ信者が一人もいないので、不安な気持ちで夜も眠れません。ああ神様、どうかマスノ短歌教に、たくさん信者ができますように！

もうここまで読んでくれた人は、マスノ短歌教を信じてあげてもいいかなーと考え始めていると思うけど、「なんで宗教なのに短歌をつくらなきゃいけないの？」と、素朴な疑問を感じた人もいるかもしれませんね。

まず押さえておくべきなのは、マスノ短歌教は言葉だけの宗教であるという事実です。これまでの宗教は、どうしても信仰に行動が伴ってしまうから、さまざまな問題が生じがちでした。でも、マスノ短歌教は紙の上だけでしか布教活動をしないので、他人にあまり迷惑をかけません。

そしてマスノ短歌教は結局、ことだま（言霊）[*3]の力で自分自身を救うことを最終的な目的にしています。勘のいい人はもうわかりましたね。マスノ短歌教のマスには、そういう意味も込められています。人はよく、「それはマスターベーションだ」なんて言ったりしますが、そんな言葉でマスノ短歌教を否定しても無駄です。魅力的なマスのかき方もあると、教祖は考えているからです。

だれだって、気になるあのコのマスならば、覗いてみたいもの。ほら、正直になってください。セックスのほうがマスより上だなんて、だれにも言えないはずでしょう。

自閉的なセックスよりも、他人を楽しませるマス。これからの時代、それが主流になると、教祖マスノは予言します。

では、実際に具体例を挙げながら、「言霊の力で自分自身を救う」ような「魅力的なマス」とは何か、研究してみましょう。

言うまでもないことですが、教祖マスノのあこがれの女性は、ナンシー関です。あこがれてはいるものの、好きという気持ちをストレートには言えない、複雑な男ごころ。それを五七五七七で表現します。

カンペキな玉にも傷があるようにナンシー関に体重はある

（枡野浩一）

……どうです。好きなコに、つい冷たく当たってしまう男の不器用な愛情が、行間から滲み出ていますね。「太っている」というような、直接的な用語を避けた繊細な心づかいにも注目してください。

そしてこの短歌が、じつは遠まわしに「ナンシー関はカンペキだ」と主張していることを見逃してはいけません。言いたいことは、さりげなく人々の脳裏に刻みつける。それが洗脳の基本です。覚えましたね。

今回のまとめです。マスノ短歌教が短歌を布教につかうのは、五七五七七で言うと、強引な意見でもモットモらしいからなのです。なんか変だなーと考える前に、つい納得してしまうリズムのよさ。これが布教活動の強力な武器になります。

〼

と、ここまでの文章を教祖マスノがワープロに向かって書いていたら、いきなり教団のFAXに、信者を希望する二十三歳の女性からお便りが届きました。奇跡です！

〈教祖様、私をぜひマスノ短歌教に入信させてくださいませ。日頃、「教祖様の短歌を日本一好きなのはこの私だろうなー。」と思っている私は、信者第1号にふさわしいと思います。〉

あたかも教祖が自分で書いたかのように理想的なお便りだが、柳澤真実（やなぎさわ・まなみ）さん、ありがとう！　彼女は早速、短歌をびっしり紙に書いて送ってくれました。読んでみると、初心者とは思えない完成度の高さですが、今回は未来の信者の参考になるように、あえて改善の余地がある一首を選んで紹介しましょう。

好きな人いない時にはドリカムの歌はただただうっとうしいだけ　**（柳澤真実）**

……すばらしい。とくに後半、字余りにすることでさりげなくドリカムのうっとうしさを強調したあたり、見事な攻撃です。

ただ、この短歌の課題は、「恋人がいる時だってドリカムは超うっとうしい」と思っている人を、どう納得させるか、ですね。

たとえば、

好きな人できたとたんにカラオケでドリカムばっか歌うなバーカ

とか、ちょうど逆の立場から歌うのも効果的です。視点を動かしつつ、あれこれ自分で工夫してみてください。

そんなわけで、信者の皆さんの短歌を、心よりお待ちしております。

See you again!*4

「キューティ・コミック」Vol.1（一九九七年十二月発行）

*1 川柳（せんりゅう）とも絶対まちがえないで。都々逸（どどいつ）とも絶対まちがえないで。

*2 本章「作り方」は、宝島社の少女漫画誌「キューティ・コミック」に連載された『マスノ短歌教』全文に、加筆訂正をほどこしたものです。連載はすでに完了しておりますので、短歌を「キューティ・コミック」編集部に送っても枡野浩一には届きません。

*3 ことだま、の意味がわからない場合は、辞書をひいてみてください。

*4 これでも精いっぱい若者に媚びている。ちなみに、顔マークに、深い意味はありません（雑誌連載時には付いてなかった）。単行本のいろどりと思ってくださいね。

二、一度読んだだけで意味がすぐわかり、くり返し読んでも面白い、そんな短歌をめざしてください。

マスノ短歌教の信者の皆さん、お元気ですか。

教祖マスノは少し風邪気味です。

信者の皆さんをあまり心配させちゃいけないと思って「少し」なんて書いてしまいましたが、本当はものすごくハードに風邪気味です。だけど負けたりしません。だって教祖ですもの。

繊細な心と身体を持った教祖は、昔から風邪をひきやすい体質。マスノ短歌教はお布施を強要したりはしませんが、皆さんがどうしてもお布施したいというのなら、薬用養命酒を送ってください。宛先は「キューティ・コミック」編集部内、教祖様がんばって係[*1]。

でも教祖は風邪をひいてもタダでは起きません。二冊の教典『てのりくじら』と

『ドレミふぁんくしょんドロップ』（実業之日本社）を読めば、それがよくわかるはず。教祖の短歌って、風邪を題材にしたものが多いんです。

きょうはラの音でくしゃみをしたいから「ドレミふぁんくしょんドロップ」は青
寝返りをうつたび右の鼻水は左へ（世界の平和のように）
三日ほど風邪で寝こんで久々に夢をたくさんみたので正気

（枡野浩一）

……すばらしい。さすがは教祖様だと言わざるをえません。信者の皆さんもどんどん風邪をひいて、教祖に負けない短歌をつくって送ってくださいね。

◸

では、さっそく修行を始めます。

なにはともあれ、ハガキを送ってくれた皆さん、ありがとう。送ってくれた人は全員、信者に認定します。ただ、信者の皆さんは初心者だから全然気にしなくていいけど、まだまだマスノ短歌教にふさわしい作品は少なかったです。

なので今月は、いくつか「参考作」を紹介しながら修行していきます。教祖だから、時には信者に厳しいことも言うけど、信じてついてきてほしい。

まずは北海道の二十歳の信者から。

□

人をおし人をうらめしクソゲーム「北斗の拳」をやりこむわたし

（畑山陽子）

さて、この作品には「直訳」と「概要」が添えられていました。

【直訳】ある時は人を恋しいと思い、ある時は人を憎らしいと思う。自分勝手に定義づけたクソゲーム王「北斗の拳」を今更やり込んでいる私は。

【概要】恋に破れた若い女が、新しい男とつき合うことをあきらめ、北斗の拳（今となってはクソゲー）をやり込んでいるという、切ない歌。しかし、ケンシロウのムキムキな肉体に肉欲を投影しているのか。

……というふうに、「直訳」と「概要」を読めば面白いのですが、これだけ説明しなくては意味が伝わらないというのは、作品が未完成である証拠です。いいですか。一度読んだだけで意味がすぐわかり、くり返し読んでも面白い、そんな短歌をめざしてください。

それにしてもこれは、文科省の恐ろしきマインドコントロールの弊害ですね。短歌というものには長々とした解説文が添えられているもの……という固定概念が、畑山さん以外の信者の皆さんにも植えつけられているようです。

これだけ長々と説明しなければ伝わらない気分を、ひとつの短歌に込めるのは無理です。もっと言いたいことを絞り込んでください。畑山作品の場合、〈ケンシロウのムキムキな肉体に肉欲を投影しているのか。〉という部分にポイントがありそうですね。自分の欲望の本質を煮詰めて、改めて五七五七七にまとめてみることをおすすめします。

〼

次は茨城県の十九歳の信者からです。

SHAZNAからイザム取ったら何残る？　残る2人も迷惑顔だが

（匿名希望）

……〈ハートブレイクまっさい中でつらいっす。〉という匿名希望さん、次回からはペンネームを添えてください。

この作品は目のつけどころは悪くないのですが、後半がいかにも「とってつけた感じ」になってしまいました。短歌をつくるときは、五七五七七を、過不足なく活用しなくてはいけません。

たとえば、ハートブレイクのむなしさを、この歌に投影させてみましょう。

君なしで過ごす季節は寒すぎてイザムのいないSHAZNA以上に

……あまりいい出来ではないが、ま、気分はわかるでしょう。これを参考に、あれこれ自分で工夫してみてください。[*2]

このほかの信者の皆さんへ一言だけ。

廣瀬さん、五七五七七のリズムを活かした短歌にも挑戦してみてください。実存さん、どうせなら「読んだ人が自殺したくなるほどの絶望」を追求してみるべきです。あなたの短歌はまだ、読者という他人を意識していません。穂積さん、寿さん、小野田さん、花田さん、仁八さん、佐井さん。もっとたくさん書いて、また送ってください。

というわけで、信者第一号の柳澤さんのすばらしい新作を最後に紹介して、今回の修行のしめくくりとします。それでは皆さん、お幸せに！

〼

SMAPと6Pするより校庭で君と小指でフォークダンスを　**（柳澤真実）**

……泣かせる純情鬼畜ごころですねえ。

「キューティ・コミック」Vol．2（一九九八年三月発行）

＊1　プレゼントは現在も受付中。宛先は筑摩書房編集部気付「マスノ教祖様」係。薬用養命酒は飽きました。

＊2　「イザム」という人名は、正式にはカタカナ表記ではなかった気がします。短歌に固有名詞をいれる場合は、特別な理由がないかぎり、正式な表記を採用するようにしてください。たとえば真心ブラザーズを「真心」と略して書いて通じるのは、真心ファンの中でだけ！

三、「笑える出来事をそのまんま書けば笑える短歌になる」というのは、よくある誤解です。

マスノ短歌教の信者の皆さんに、嬉しいお知らせがあります。

なんと、「キューティ・コミック」の星・南Q太先生が、マスノ短歌教の信者になってくれることになりました！

南Q太先生と教祖マスノは、キューコミの版元である宝島社のパーティで運命的に出会い、あっというまに愛を深め合ったのです。[*1] そのわりには信者・南Q太先生の短歌はなかなか送られてきませんが、きっと漫画の執筆と育児に追われてご多忙なのでしょう。よろしい、特別に「名誉信者」ということにしてさしあげます。これで今までは肩身の狭かったマスノ短歌教の信者たちも、胸を張って友達に自慢できるようになるはず。

「私、南Q太と一緒の宗教に入ってるの♡」

「え〜っ、私も入りた〜い!!」
そんな、教室での会話が目に浮かびます。ああ、神様。マスノ短歌教も、ついにここまで来ることができました。願わくは、南Q太先生のだんなさまと赤ちゃんも信者になり、家族そろって短歌を送ってくれますように。

〼

では、修行を始めます。今月もハガキを送ってくれた皆さん、ありがとう。送ってくれた人は全員、信者に認定します。ただ、いくら教祖のことが大好きだからといって、短歌を自宅に直接送るのは遠慮するように。教祖は信者全員のものだから。
さて、前回の修行でも指摘しましたが、皆さんのハガキには、共通の欠点が見られます。それは、歌に添えられた解説っぽいコメントのほうが、歌それ自体より面白いということ。まずは、宮城県名取市の十六歳の信者からの一通。

やせたいと願う乙女の春遠し　せめて彼より軽い身体に

（なでしこ）

この歌は、こんなコメント付きでした。〈最近の男の子って、どうしてあんなに細いんですか？　騎乗位の時、重いって言われそうで嫌です。だから未だ乙女。ダイエットは明日からです。〉

……身長が百八十三センチあるのに体重が五十キロ台しかない教祖には、身につまされる問題です。教祖の場合は「軽すぎる」と言われて、広辞苑をリュックに詰めて背負ってやったという悲しい思い出が……なんて話は、どうでもよいのです。なでしこさんは、このコメントの部分こそを、歌にすべきでしょう。

騎乗位のとき「重たい」と言われてもダイエットするのはあしたから

……うーん、そのまんますぎるでしょうか。〈ダイエットする／のはあしたから〉という七／七の区切りは、ドリカムの歌いまわし以上に無理があるかもしれません。もう少し、いじります。

騎乗位のたびに「重い」と言われつつ一日のばしにするダイエット

……後半、〈一日のばしに〉は字余りですが、リズムもいいし、意味も明瞭になりました。しかし、もっと別の表現も探してみます。

騎乗位のたびに「やせろ」と責められて「あしたこそは」ときょうも誓った

……ま、こんな感じですか？　なでしこさん自身が工夫して、もっとすっきりした面白い歌になったら、改めて送ってください。

次は兵庫県尼崎市の二十二歳の信者から。

まつげふせ　爪をぬりぬり　テレビ見る　君の姿に　おならする僕

（渡辺亜希子）

……なんという、お下品な。無礼者め！　しかも作品以上に無礼なのは、教祖のことを〈マスノ兄貴〉などと呼んでいること。たしかに教祖は連載の第一回で〈教祖というより、兄貴みたいな感じでつきあってほしい。〉と言ったが、あくまでそれは社交辞令というもの。言葉通りに受けとめちゃいけない。この教祖様をナメてかかると、やけどするぜ、ハニー。

とはいえ、この作品はギリギリのところで、一応は成立していると言っていいでしょう。〈まつげふせ〉から〈おならする僕〉までの、動作の描写のたたみかけがうまい。ただし、一回こっきりしかつかえない手です。それから、信者の皆さんはキモに銘じてほしいのですが、「笑える出来事をそのまんま書けば笑える短歌になる」というのは、よくある誤解です。実際に経験したサザエさん的なドジ話とかを「ほら、愉快でしょ？」って感じで歌にしてくる人は多いのですが、ほとんどの場合、それは失敗作になります。[*2] たった三十一文字の中で、そういった笑い話の背景をすべて説明するのは不可能なので、たいていは言葉足らずで独りよがりな表現になってしまうからです。

忘れないでください。短歌は内容だけでなく、言葉の微妙な言いまわしが命なのです。

ふかわりょうというお笑いタレントがいます。天久聖一×タナカカツキの名著『バカドリル』（扶桑社）[*3]のネタをアレンジなしでパクってしまうという、たいへん度胸があるかわりに才能はない芸人さんですが、彼がある雑誌のインタビューで、意外にもタメになることを言っていました。たとえば、〝改札口で叱られてるの、お前の父さんじゃない？〟という一言ギャグのおかしさは、単語の順番が大事だというのです。〈「〝お前の父さん、あそこの改札口で叱られてない？〟だと違うんですよ。〝世界〟がおかしく見えないというか…。面白い情景を浮かべさせるには、ボクの中だけにある、決まった順番で言わないと、〝その世界観〟は出ないんですよ」〉（「日経エンタテインメント！」一九九八年六月号より）

同じことが短歌にも当てはまります。ふかわ先生は〈ボクの中だけにある、決まった順番〉とおっしゃいますが、教祖の考えはちがいます。「だれもがその状況をうまく思い浮かべられるような、しっくりくる言葉の並べ方」を探すのは、あたりまえの表現作法なのです。

マスノ短歌教では、そんな「あたりまえの表現作法」を、これから少しずつ研究していくつもりです。簡単に身につくものではありませんが、教祖を信じて、ついてきてください。

⧄

そのほかの信者、smileさん、コトツネユウキさん、樋内裕理さん、飯沼美紀さん、ウサギぴょんさん、サクラさん、有沢晶子さん、仁八健代さん……期待してます。

というわけで、最後に常連・柳澤さんの文句のつけようがない歌を紹介して、修行のしめくくりとします。

遠くから手を振ったんだ笑ったんだ　涙に色がなくてよかった

（柳澤真実）

……遠ざかる人を見送って、笑い泣きしながら手を振る主人公の姿が目に浮かびます。〈振ったんだ〉〈笑ったんだ〉という〈んだ〉の連続は、なかなか思いつかない離れワザです。〈笑ったんだ〉は字余りですが、それがかえって

切実な味になってます。なにより〈涙に色がなくてよかった〉は秀逸。名作です。
「キューティ・コミック」創刊号（一九九八年六月発行）

＊1　……ノーコメント。
＊2　おさかなを／くわえた猫を／追いかけて／ハダシで駈けて／いくサザエさん
＊3　『バカドリル』は扶桑社文庫バージョンも発売中。ふかわりょうの本も扶桑社から出てるが、いったいどういうことなんだろう。

四、これしかない！　という決定的な表現にたどりつくまで、迷うのをやめないでください。

マスノ短歌教の信者の皆さんに、またまた嬉しいお知らせがあります。なんと、小説界の南Q太と呼ばれる美人作家・室井佑月（むろい・ゆづき）先生が、マスノ短歌教の信者になってくれました。テクマクマヤコン、テクマクマヤコン！十代の性をせつなく描いた短編集『熱帯植物園』[*1]で鮮烈なデビューを果たした室井佑月先生と教祖マスノは、ある怪しげなパーティで運命的に出会い、あっというまに愛を深め合ったのです。そして濃密な個人指導の結果、めきめきと腕をあげた信者・室井佑月の最新作は、こんな一首です。

観てみたい　金を出さずにこっそりと　松崎しげるのディナーショウの服

（室井佑月）

……とてもくだらない！　だけど〈金を出さずに／こっそりと〉というところに痛いほどの欲望を感じます。後半は字余りしまくりですが、ここまでくだらないとゆるせます。

〼

今月ハガキを送ってくれた皆さん、ありがとう。送ってくれた人は全員、信者に認定します。アバクラタラリン、クラクラマカシン！

今月は突然レベルが高くなりました。まずは文京区在住の三十四歳、晄晏隆幸（てるやす・たかゆき）さん。初めての男性信者です。

ひまわりがきれいと言うのは青空のせい　あの夏がもう来ないせい

（晄晏隆幸）

……美しくまとまっています。〈きれいと言うのは〉を〈美しいのは〉に変えれば字余りがなくなりますが、今のままが美しいかな。

この作品には〈橋本ライカの作によせて教祖風に（?）〉というコトバガキ〈詞書〉がついていました。これはキューコミ前号掲載の短編『空は晴れていて』のイメージで詠んだ歌ですね。教祖の好みを知りつくしていて、悔しいので選びました。

⧄

ここで、恐るべき新人の登場です。彼女はまとめて二十一首も送ってくれたのですが、とくに完成度の高い作品を選んで紹介します。

① みんなの話聞いてないわけじゃないけれど変なところでうなずいてスマン

② ゴミの日のゴミのとこにいるノラ猫はゴミじゃないと思うバスの中から

③ 私ったら考えたくもないやつのことキライキライと考えている

④ 十九年風呂にも入り慣れてるし何も考えず全身洗える

⑤　毎日毎日地味な生活送っているとコマーシャルでもなぜか泣けてきた

⑥　あの女もてるなぁとは思ってもあーなりてーとは思ったことない

⑦　友達の彼氏のいやなところ見てこんなのはダメと密かに学ぶ

⑧　きのうの夜の君があまりにかっこよすぎて私は嫁に行きたくてたまらん

⑨　何も考えず三秒で寝れる毎日はすごく貴重な一日なのかも

（脇川飛鳥）

……ちょっと驚いたというのが正直なところです。作者は長崎県長崎市在住の十九歳。幸か不幸か、あなたには才能があるようです。

どの作品も、これでいいと言えばいい。これでは駄目と言おうとすれば言えないこともない。でも教祖は、右に挙げた作品は、表現技術の上ではほぼカンペキだと思います。よく見ると五七五七七になっていないところもいっぱいありますが、作者の中に独自のリズムが確立しているから、読んでいて気持ちがいいのです。（こういうリズム感というものは、もともと勘のいい人と悪い人がいるので、信者の皆さんは下手

に「字余り」を真似しないで、七五調の魔力に頼りましょう)

飛鳥さんの短歌を読んで「こんなのなら私だって書ける」と思う人は大勢いるかもしれない。しかし書けないのです。似たようなものは書けても、ここまでのレベルには仕上げられません。同じことを考えたり感じたりしている人が百万人いたとしても、それをこういう言葉づかいで表現することは難しい。

具体的に指摘すると、①の〈スマン〉、③の〈私ったら〉、⑧の〈たまらん〉などの言葉の選び方のセンスが抜群です。それ以外にも、そこかしこに目を見張る表現がありますが、そのすごさを世界で一番わかっているのは教祖マスノかもしれません。たぶん、飛鳥さんはいわゆる短歌の専門誌に投稿しても一生認められないでしょう。*2 マスノ短歌教の信者になったのは神のおぼしめし、運命です。

そのことは不幸でもあります。飛鳥さんが教祖マスノの短歌集を読んでくれているのかどうかはわからないですけど(きっと読んでないのでは?)、飛鳥さんの発想や表現のクセは、教祖マスノのそれと酷似しています。もちろん内容は飛鳥さんのオリジナルですけれど、先に活躍しているだれかと似ているというのは、それだけで損です。(ホントのこと言うと、いわゆる短歌界にも、似た作風の歌人が数人いたりしま

す）[*3]

もっと厳しいことを言えば、飛鳥さんの短歌をずっと読んでいると、「同じパターンのものが多いな」ということにも気づきます（これは教祖マスノ自身にも言えることなので自戒をこめて書いています）。なぜ同じパターンになってしまうかと言うと、作者が、ずっと考えつめたあげくの結論を言葉に結晶させているからです。もう少し、自分の中の、あいまいな気分にも敏感になりましょう。[*4]

あと、今の話と矛盾するようですが、〈同じ意味で少しだけ表現のしかたの違う短歌〉（飛鳥さんの手紙より引用）がいろいろ生まれてしまうのは、あなたの中でまだ言葉がうまく結晶していない証拠です。これしかない！　という決定的な表現にたどりつくまで、迷うのをやめないでください。

脇川飛鳥さん、あなたをマスノ短歌教の特待信者にします。おそらくあなたには何を言っても無駄で、これからも自分勝手に歌をつくっていくしかないでしょう。〈私はいつも、いろんなものに影響されやすいので、この原稿用紙に清書する前に、キューティを読んだ時、危うく他の信者の方々に影響されて自分の短歌を書きなおしてしまうところでした。でもしませんでした。〉というお手紙が添えられていましたが、あなたなら大丈夫。日常生活ではとても生きづらい思いをしているかもしれませんが、それが物を書く才能というものなのだと、あきらめて精進してください。とにかく短歌をつくりつづけていけば、そのうち自分の表現パターンに飽きてきて、苦しむことになるはずです。そこで行き詰まったら、そこまでの才能です。教祖は、そのときを楽しみにしています。

〼

なお飛鳥さん同様、常連信者の柳澤真実さんも、特待信者に認定します。*5 特待信者になったからといって、トクすることは何もないですが、胸を張って教祖を信じ、歌づくりに励んでください。

真実さんの弱点は、作品の出来にムラがあることです。今はひたすら多くの歌をつくって、時が過ぎてから読み返し、自作の善し悪しを判断する目を養っていってください。

新信者では、ほかに下高井戸ヒトミックスさんに注目しました。また送ってね。

今月の修行はこれで終わりにします。最後にお知らせ。いつまでも短歌を送ってくれない南Q太名誉信者にかわって、教祖マスノが南Q太の名短編『丘をこえて』を短歌化し、文芸雑誌「鳩よ！」九月号に発表しました。マスノ短歌教の出張版で、信者必読です。[*6]

では、また来月。ラミパス、ラミパス、ルルルルル。

「キューティ・コミック」一九九八年九月号（七月発行）

＊1　『熱帯植物園』は文庫化されました（新潮文庫）。解説文を枡野浩一が担当。

＊2　そうとも限らないかもと、二〇〇〇年現在は考えています。短歌の専門誌でも活躍してください！（彼女は二〇〇六年刊の穂村弘編の短歌絵本『サキサキオノマトペの短歌（めくってびっくり短歌絵本）』（岩崎書店）に、作品が転載されたりしました）

＊3　と、ここでは書いたが、やっぱ似てないかも。だれにも似てない個性だと思います。飛鳥さん、枡野浩一短歌集、読んでくれてたらしいが。

＊4　自分の中のあいまいな気分にも敏感になった脇川飛鳥の最新作、本書「作品集」の章で読むことができます。

＊5　「特待信者」なんていう肩書、もともとつくる気はなかったのに、脇川飛鳥の登場によって慌ててつくった……という、マスノ短歌教の歴史がうかがわれる発言である。

＊6　その一文は、枡野浩一のエッセイ集『君の鳥は歌を歌える』（マガジンハウス→角川文庫）で

読むことができます。

五、「しらふで口にできる言葉」だけをつかいましょう。

マスノ短歌教の信者の皆さん、どんな夏を過ごしてますか。

教祖マスノは飼ってる猫のあごから目の上にかけて縫い針が突き刺さったり、空き巣に入られたりしています。空き巣は窓ガラスを割って侵入したのですが、そのガラスの破片が両足の裏に刺さってしまいました。病院に行くヒマもない多忙な教祖は三日間そのままでワープロを叩いていたものの、あんまりズキズキ痛むんでキューコミのしめきりを無視して先ほど病院へ行き、今は両足に包帯をぐるぐる巻いてワープロに向かっています。人生ってつらいことばかりですね。皆さんもガラス踏むときは、せめて片足だけにするよう気をつけて。[*1]

さて、ここで痛さを忘れさせてくれるような嬉しいお知らせがあります。教祖マスノの教典『てのりくじら』と『ドレミふぁんくしょんドロップ』（実業之日本社）で素敵なイラストを描いてくれたオカザキマリさんが、漫画家・おかざき真里として単行本を出しました！　女子高生カメラマンが活躍する傑作キューティ系コミック『シャッター・ラブ』（集英社マーガレットコミックス）です。なんと、ヒロインのセリフの中に教祖マスノの歌が登場するというすばらしさ。ぜひぜひ読んでみてください。[*2]

⧄

今月ハガキを送ってくれた皆さん、ありがとう。送ってくれた人は全員、信者に認定します。全体のレベルが上がり、なかなか掲載されにくいかもしれませんが、そのぶんヤリガイも増したと思って修行に励んでください。

今月の一通目は電子メールで送ってくれた高知県高知市の信者の作品です。

1年に1度きけるかきけぬかのキミのオナラはスーパープレミア

（コトツネユウキ）

……この一首は、前々回に掲載された渡辺亜希子さんの〈まつげふせ　爪をぬりぬり　テレビ見る　君の姿に　おならする僕〉という作品に対す

る「返歌」ですね。こんな手紙が添えられていました。

〈創刊号で紹介があった中にオナラの句があったので、うちのダーリンなら、と詠んでみました。私の前で一生懸命我慢しているのは立派なのですが、あの句のように「私の前ではブーブーオナラする（私は特別なの）サイテーの男よ」といった調子でノロケられると、少しくやしいですね。〉

……えーと、ユウキさん。細かいことですけど「句」というのは俳句につかう言葉です。短歌の場合は「歌」と言ってくださいね♡　それにしても堀内三佳の痛快エッセイ漫画『夫すごろく』（祥伝社）*3もびっくり！　の信者同士のオノロケ合戦に教祖もたじたじです。そ、そうですか……。オナラって、そんなに深いものだったんですね。教祖もこれからはプープーできるよう、がんばります。

ところでユウキさんは、右の歌のラストを、

1年に1度きけるかきけぬかのキミのオナラは超貴重品

（コトツネユウキ）

というふうにしようかと迷っているようですが、この場合は字余りになっても〈スーパープレミア〉のほうがいいと思います。たしかにユウキさん自身がおっしゃっているように、〈きけるかきけぬか〉〈キミ〉〈貴重品〉……と、K音が連続するのは面白いですけれど。ここでは〈スーパープレミア〉という言葉の響きがオナラの音を連想させる……という面白さを採用したほうが正解でしょう。

オナラについてここまで真剣に語ったのは初めてで、照れくさい教祖です。ぷっぷーっ。

□

次は、埼玉県富士見市の十九歳の信者から。

① 月薫る秋の夜長に柿食へばカキクケコロンと涙落ちるなり

② 「ありがとう。私、こんなに元気です。」カキクケコロンカキクケコロン

（柚子）

……なんだか不思議な魅力のある歌です。二首も掲載したのは、けっしてマスノ教祖の似顔絵が可愛く描いてあり、〈ラブリー♡〉などと書き添えてあったからではありません。

①は、〈柿食へば鐘が鳴るなり法隆寺〉という有名な俳句をふまえた、いわゆる「本歌どり」の手法をつかった作品。ちなみにこの俳句のパロディには、究極の傑作があります。

秋深し　隣の客が　柿食へば　鐘が鳴るなり　法隆寺かな

（クサオヒロコ）

……勝手に引用してごめんなさい。これは大昔の「ぴあ」誌の〝はみだし〟に載っていたものを、記憶に頼って再現したものです。作者の方、もしもこれを読んでいたら編集部までご一報ください。薄謝進呈します。

それから教祖が夢の中でつくった俳句で、

画期的柿食う稽古カキクケコ

（浩一）

というのもあります。〈柿食う〉と〈カキクケコ〉が響き合うということに気づいただけでも、柚子さんは教祖に負けていません。

ただ、短歌だからといって、昔風の言葉づかいにすると、もうそれだけで短歌らしく見えてしまう。そんなのは手ぬきなんじゃないか？　と教祖は考えています。

もちろん「日常とはちがった言葉づかいをすることで、非現実の世界に漂いたい」みたいな意見が世間にはあることも知っていますが、そういう安直な現実逃避が好きな人は黛まどか先生率いる「東京ヘップバーン」に入会したほうが幸せになれるでしょう。そんなあなたを教祖はとめたりしないが、入会方法は編集部に問い合わせたりせずに自分で調べてくれ！

というわけで〈涙落ちるなり〉（注／古典文法まちがってるのでは？）[*4]と書くことで、おのれの失恋も平安時代の出来事のごとく思えて気がラクになれるのだろうが、ここはぐっとこらえて、〈涙が落ちた〉とか日常語で勝負してほしい。そうすると、

〈涙が落ちた〉なんて甘えたこと言ってる自分の恥ずかしさに気づくでしょ？　そう、自分の恥ずかしさと闘わなくちゃ駄目です。そして、しらふで口にできるような言葉だけをつかって、今の気持ちを表現しようと試行錯誤するのです。ぷっ。ぷっ。ぷぷぷっ。あ、失礼しました。

で、②の歌はその点、なかなかいいです。①の歌を読んでから読まないと意味不明だが、意味がわからないなりに、なんだか気になる。〈〝カキクケコロン〟という呪文みたいな言葉をくり返していたら、なんだか元気が出てきて、いつか、このセリフを言おうと思いました。〉とコメントが書き添えてありましたが、呪文っていうのはユニークな発想ですね。いわゆる短歌界*5にも、短歌に呪文を取り入れようと試みた人がいたのですが、保守的な短歌界に受け入れられずに消えてしまいました。柚子さんはぜひ、消えずに続けてください。

□

今月、ほかに気になった信者は京野京子さん、飯沼美紀さん、ももりんさん。

名前は出せないが、ちゃんと全員の歌を熟読してます。教祖はすごい読解力の持ち主だから、どんな短歌でもそれなりに理解できちゃうんだけど、「わかる」だけの作品は掲載にはしません。

一回送ってみて駄目でも、また挑戦してね。⧄

最後に特待信者・柳澤さんの新作を紹介して、修行をおしまいにします。

ユーミンがもう歌ってる　特別な恋をしてると思ってたけど

（柳澤真実）

……前半と後半をそっくり入れ替えても、きれいに五七五七七になる作品ですが、この場合は倒置法がきいてますね。では。ぶっ!!

「キューティ・コミック」一九九八年十月号（八月発行）

＊1　くわしくはエッセイ集『君の鳥は歌を歌える』参照のこと。

＊2　くわしくは『漫画嫌い　＊枡野浩一の漫画評（朝日新聞1998〜2000）』写真＝八二一（二見書房）参照。

＊3　これも『漫画嫌い』参照。

＊4　古典にくわしい歌人にきいたら、まあこれはこれで「許容」されているのでは、との返事。何それ。「許容」って何よ？

＊5　短歌界……「歌壇」ともいいますが、本書では「短歌界」という言葉をあえて使用しています。

六、「真似っこになってしまうのが怖いから、ほかの人の作品は読まない」なんて、まちがってます。

マスノ短歌教の信者の皆さん、最近どんな髪形ですか？

教祖マスノはスキンヘッドにしました。半分は健康上の理由なのですが、信者の皆さんを心配させたくないから、くわしくは書きません（どうしても知りたい人は「R&Rニューズメーカー」の連載エッセイ『淋しいのはお前だけじゃな』を読んでね*1）。頭がすーすーして、とてもすがすがしい気分です。原稿を書いたりして頭をフル回転させると、脳ミソに血がどんどん集まってきてヒートするのが実感できます。雨が降ってきたのも一瞬でわかるし、このままハゲちゃってもバレません。これでもう、いつも教祖のことを軽々しく〈お兄様〉と呼ぶ渡辺亜希子さんも、ちゃんと「マスノ教祖様」宛にハガキをくれることでしょう。めでたしめでたし。

大阪府八尾市在住の信者・ちぢゃりんさん、〈今かなり教祖にはまっています。たまに頭に教祖の顔がうかんできます。でも恋ではないのでご心配なく。教祖の顔は私の中では「ツチノコ」ってかんじです。〉という正直なお手紙ありがとう。きょうからはぜひ頭の中に、スキンヘッドのツチノコを思い浮かべてね♡

◪

今月短歌を送ってくれた皆さん、ありがとう。送ってくれた人は全員、信者に認定します。

夏休みだったせいか、ものすごい数のハガキが届きました。しかも一枚のハガキにびっしり短歌が書いてあるし、ハガキに書ききれないからって封書で送ってくれた信者もいました。嬉しすぎて教祖は苦多苦多です!!　で、たいへん申しわけありませんが（教祖なのに礼儀正しい私）、次回からは一枚のハガキにつき短歌は三首までと決めさせていただきます。封書は原則として禁止。どうしてもルールをやぶりたい！という信者は、ルール違反を大目に見たくなるくらいのスペシャルな作品を送ってください。覚悟しろよ。

あと、キューコミを立ち読みして応募してくる信者がいるみたいですが、買って読んでください、仁八健代さん！[*2]　この雑誌が売れ行き不振で廃刊になったりしたら、マスノ短歌教は路頭に迷うことになり、信者の皆さんも作品を発表できなくなるんです。

こんなめんどうなこと本当はしたくなかったけど、次回からはこのページに印刷されている「おふだ（応募券）」を貼ったハガキしか読みません。[*3] キューコミを何冊も買えば一カ月に何通も応募できますが、そんなおりこうなことはやめて、入魂の力作だけを選びに選びぬいて送ってください。

あのねえ、まるで教祖のように説教じみたこと言っちゃうけど、「かず撃ちゃ当たる」みたいな感じで短歌をつくっても意味ないです。それであなたが幸せになれるならいいけど、その程度の自己満足であなたが幸せになっちゃうなんて、教祖はとっても不幸です。

あなた、前月送ってくれた短歌を今、口に出して全部言えますか？ 言えないでしょ？ それじゃあ駄目です。[*4] 自分でも覚えてないような、勢いで安易につくった短歌は、教祖のたましいにも読者のハートにも、絶対届かないですよ。先々月号で特待信者になった脇川飛鳥さんは、まとめて二十一首も送ってくれたけど、彼女は自作を一首残らず暗記してると思う。それだけ時間をかけて推敲してるってことが、教祖の目には見えるのです。スキンヘッドだからって、なめんなよ、やけどするぜ、ハニー。

そんな感じで今月は競争率はすこぶる高かったけど、作品のレベルはちょっぴり低かったです。掲載まであと一歩の信者の名前を、ここで書いておきます。北海道函館市のＤＯ　ＤＯ　ＦＯＲ　ＭＥさん、新潟県長岡市のタエコさん、石川県金沢市のかばかめのさん、群馬県勢多郡のじゅんこさん、埼玉県所沢市のじぼびさん、東京都調布市のＭ沢Ｓさん、大阪府大阪市の藤井裕さん、北九州市のヒトミキラリン☆'98さん。以上、順不同でした。

名前は挙げませんでしたが、常連信者の皆さんの作品も、しっかり見てますよ。あきらめずに、教祖を信じてまた送ってください。

あと、先月号にくわしく書いたことですが、教祖マスノは昔風の言葉づかい（文語調）でつくる短歌は手ぬきだと考えています。佐賀県鳥栖市の國武知子さん、文語調で短歌をつくるなら、ほかの雑誌に投稿したほうがよいと思ふなり。*5

なお、東京都渋谷区の西尾綾さんの作品は、もしかしたら次号で紹介するかもしれません。

あー、今月の教祖は妙に怒りっぽいですね。髪がないせいで、すぐに頭に血がのぼるんでしょうか。怒りついでに、もうちょっと怒らせていただいてもいいですか？

（丁寧な私）

今月届いたお手紙の中に、「真似っこになってしまうのが怖いから、ほかの人の短歌は見ないようにしている」という信者がいました。はっきり言って、あなたはまちがっています。「真似っこになってしまうのが怖いから」こそ、ほかの人の短歌はじっくり読まなくてはならないのです。

オリジナリティというのは、他人のつくった表現をきちんとふまえた上で初めて生まれるものです。幼稚園児にチューリップの絵を描かせると、みんな似たような形や色のチューリップしか描きません。人間の発想なんて、みんな似たようなものなんです。だから他人のつくった表現を見て、「みんながこう書くのなら、私はあえてこう書こう」というふうに、意識的に新しい表現を追求しないことには、真にユニークな作品など生まれません。*6

ごくまれに、自然に出てきた作品が最初からものすごい……という天才もいるのかもしれませんが、そういう天才は教祖の手におえないので自分で勝手に生きていってください。

そういえば、今月届いた短歌の中に、特待信者の脇川飛鳥さんっぽい言葉づかいで書かれた作品が多数ありました。あの言葉づかいは飛鳥さんの専売特許なんだから、ほかの信者が真似したりしたら、教祖がゆるしませんよ。

⧄

そんなわけで、今月の一通目は、大分県の二十歳の信者から。

「また」っていつ?!　直接聞くのはこわいので心の中でつっこんでみる　**（津呼）**

……この歌は、たぶん「また連絡するよ」とか彼に言われたときに思いついた一首なんだろうと教祖には想像がつきますが、そのへんの説明をもう少し作品の中でしておいたほうが、読者にとっては親切かもしれません。まあ、ギリギリのところで合格でしょうか。

この歌をとりあげたのにはワケがあって、似たような内容の歌を投稿してくる人が、今回なぜか三人もいたんです。つまり、この内容って、ありきたりなんですね。でも、たとえ内容がありきたりでも、表現の仕方によっては面白くなることもある、という例です。

このへんのサジ加減が難しいんです。あまりユニークすぎると、読者にはわからない。あまり平凡すぎると、読者にはつまらない。

一応、右の掲載作に似た内容の歌も挙げておきます。

「また電話する」という嘘　今までで一番に下手　一番ひどい

（しいたけ）

「じゃあまたね」電話を切って怖くなる　またはないかもしれないと思う

（サエキハルカ）

……どれも悪くはないが、こうやって三つ並べて読むと、ぐんにゃりしちゃうでしよ？　というわけで、次回、信者の奮闘を待つ。

「キューティ・コミック」一九九八年十一月号（九月発行）

＊1　この連載エッセイも現在は完了しています。単行本化希望。

＊2　次回のところ参照。

＊3　キューコミ連載時には応募券が印刷されていました。

＊4　もちろん枡野浩一は自分の短歌をすべて暗記していますの。作品数が少ないせいもあるが、暗記できないほどたくさん作品をつくっても仕方ないのではと思う。暗記できないような駄作を人に読ませるな！

＊5　いまどき「～なり」なんていう語尾、茶目っ気を出すためのシャレとしても古すぎると思う。「～しませう」と同様。それをしらふで書いちゃう歌人って平野啓一郎もびっくりだ。

＊6　もちろん短歌だけでなく、さまざまなジャンルの表現を知らないと、「真にオリジナルな短歌」なんて生まれません。短歌にしては珍しいけど、そんなのロックの歌詞にはざらにあるよ、と言いたくなるような作品をつくらないように注意。

七、歳をとることへの恐怖を歌った作品が多いけど、そんなに歳をとることってブルー?

マスノ短歌教の信者の皆さん、教祖マスノは九月二十三日で三十歳になりました。[*1]
お誕生日おめでとう! どうもありがとう!!……だれも言ってくれないから自問自答してみました。
わざわざプロフィールに生年月日を明記してあるのに、だれも気づいてくれないなんて。いやいや、いいんです。プレゼントなんか。皆さんの短歌を読むことが、教祖にとっては一番の贈り物です。幸せ者だぜ、ハニー。
ちなみに、時々「教祖様の短歌集を買おうかどうか迷ってます」というお手紙をもらいますが、無理しなくてもいいですよ、本当。「短歌集欲しさに援助交際!? 自称歌人〝教祖マスノ〟にだまされた少女たちの夏!!」なんて週刊誌記事にならないよう祈ってます。

もし本を買うおこづかいがなかったら、学校の図書館とか、公立図書館とかでリクエストすれば、たいてい買ってくれるものですよ。教祖の目的は金儲けではなく、世界征服。べつに印税が欲しいんじゃなくて（本音ではちょっと欲しいけど）、みんなを洗脳したいだけなのですから。一人でも多くの人に自分の短歌を読んでもらえれば、それでいいんです。

だから、八二一さんの撮影した可愛い猫写真&渋い風景写真と、教祖のすばらしい短歌をくみあわせてつくった特製ポストカードセットも、お金が余ってる人だけ買ってくれればオッケーです。[*2]

いつも面白い短歌を送ってくれる信者には、教祖マスノの激励メッセージ入りで、このポストカードセットをプレゼントしていく予定です。当選者の発表は、プレゼントの発送をもって代えさせていただきます。お楽しみに。

〼

今月ハガキを送ってくれた皆さん、ありがとう。送ってくれた人は全員、信者に認定します。

先月は怒ってばかりいた教祖ですが、今月はけっこう上機嫌です。作品全体のレベル、今回はなかなかのものでした。そのぶん掲載できなかった人も多いけど、がまんがまん。

教祖マスノは日本一の特殊歌人[*3]なので、このマスノ短歌教の短歌指導のレベルは、冗談ぬきで日本一なのです。まじだよ。こんな本当のことばかりおしえてくれる歌人、日本には教祖マスノ以外いません。短歌は日本特有の文化だから、つまり教祖マスノは世界一、マスノ短歌教も世界一ということになるのです。

信者の質だって、立派なものだと思います。特待信者の柳澤真実さんや脇川飛鳥さんの短歌のいくつかは、もう教祖マスノの作品を超えているかもしれません。だれだって一生に一首くらいなら、教祖よりすばらしい短歌をつくることができると教祖は信じています。

〼

前置きはこれくらいにして、信者の作品を紹介していきます。まずは、こんな歌から。

30を越えたあなたの寝顔の首の皺に戦慄　けど逃げ場はない

（喜連瓜破）

……五七五七七には、全然なってませんね。でも内容の迫力にごまかされて、ついつい載せてしまいました。教祖も三十歳。寝顔の首の皺（しかもスキンヘッド）を発見されて、戦慄されたりしてるんでしょうか。怖すぎます。

それにしてもマスノ短歌教に送られてくる作品には、歳をとることへの恐怖を歌ったものが多いんです。そんなに歳をとることってブルー？　たしかに教祖だって「ハニー♡」なんて言ってるのはどんなものかと、わが身をふりかえる夜もあるけど、オトナになってよかったこともたくさんあるよ。

まあ、若さを信仰するっていうのは、やっぱり現代社会のひずみのあらわれなのかな。女の子の場合、男とは事情がちがうのかもしれないし。実際問題、〈逃げ場はない〉のか？　そんなことを考えさせられる問題作でした。

で。これまで短歌を紹介するときには作者の年齢も載せてたんだけど、今月からそれはやめにします。ついでに在住地域も載せないことにします。あくまで短歌だけで勝負ね。

ただ、参考のためにハガキには本名・年齢・住所等を明記してください。サバを読んだり性別を偽ったりしても、教祖はゆるします。[*4]

〼

煮えたたせ　のたうちまわって　よじらせて　最後はへる腹　あぁ生きてるぜ　（じぼ）

……「じぼび」改め「じぼ」さん、わざわざ改めるほどのペンネームではないと思います。でも歌は面白い。前半部で謎を提示しておき、〈最後は〈へる腹〉で種明かしをして、〈あぁ生きてるぜ〉でピタッと着地してくれました。語尾はカタカナの〈ゼ〉なのかもしれないけど、にじんでて読めないので教祖の趣味でひらがなの〈ぜ〉にしておきました。

同じ「じぼ」さんの歌を、もうひとつ。

顔黒《ガングロ》でクラブ通いの弟もイモの姉《わたし》に恋の相談

（じぼ）

……これはまあ、微笑ましいという感じ。「内容」的には一応普通にまとまってるけど、「表現」的にはまだまだ工夫の余地があるはずです。とくに〈顔黒〉という流行語をつかっているのに、〈イモ〉なんていう昔ながらの安易な言葉を出すのはバランスが悪い。それから〈姉〉に〈わたし〉とフリガナを振ったりするのは少女漫画にありがちな手法だけど、説明的すぎて教祖はあまり感心しません。

キスはイヤ。カラダもイヤヨ。ナメナイデ。ダッテラーメン　タベタジャナイ！

（丸山温輝）

……この歌は、句点（。）や感嘆符（！）、ひらがなとカタカナのつかいわけなど、もうちょっと整理するといいでしょう。後半の身もふたもないオチがわりと気にいりました。

つまらないセックスをした翌月に生理が来たら「おめでたですね！」

（佐藤真由美）

……この歌は、オチにカギカッコをつかったところがポイント。冷めた視線がオトナ〜って感じ。つまらないセックスは控え目にね！

もっとわかりあおうとしたり顔をしてこれ以上何を奪われるのだろ

（ちぢゃりん）

……うーん、ペンネームに似合わない渋い歌です。レベルの高かった今月のベストかな。「したり顔」の意味、わからない人は辞書ひいてくださいね。

① 子猫鳴く声だけがする夕闇に探す勇気の残量はゼロ

② 敷きたてのコールタールが靴底にへばりついても振り返らない

③ 何もかも始めることが遅すぎる気にさせられる渋谷の空は

（西尾綾）

……先月、もしかしたら次回掲載するかもと予告しておいた西尾綾さんの作品です。たくさんの歌の中から教祖が三首を厳選しました。

あなたの歌はどれも日本語としての姿が整っていて完成度は高い。けれども内容的にチャーミングじゃない作品もいっぱい混じっています。掲載作のどこがよくて、掲載されなかった歌のどこが悪いのか、まずは自分で考えて悩んでみてください。期待しています。〼

掲載まであと一歩の人の名前を挙げて、今月の修行を終わります。かばかめのさん、オギー照屋さん、茶緒さん、母親派クルックーさん。きれいな写真に短歌をくみあわせてくれた青井このみさんは、一度、改行や一文字あきなどの「雰囲気」に頼らず書いてみて。[*5]

というわけで、来月もこの調子でよろしく。

「キューティ・コミック」一九九八年十二月号(十月発行)

*1 本書の編集作業中、三十二歳になりました(本書の文庫化作業中は四十五歳です)。

*2 八二一ホームページ〈http://i821.com/〉参照。

*3 特殊歌人、というのは以前つかっていた肩書。枡野浩一はだれよりも「普通」の短歌をつくっている世界一まっとうな歌人なのに、短歌界がもともと特殊であるがゆえに、相対的に「特殊な存在」と見なされ排除されてしまう……という皮肉を込めた肩書だったのですが、説明が面倒なので現在は使用されておりません。

*4 そして実際、性別も年齢も偽って投稿してきた常連信者がいたのだが、教祖はすっかりだまされていた。読者の皆さんは気づくでしょうか。嘘をついてたのはだれか……おしえてあげない。

*5 「短歌は改行なしの一行書き」というのは、短歌界の暗黙のルールになっています。石川啄木の三行書き、林あまりの二行書きなどは、作者オリジナルのルールなのです。また短歌界で

は、短歌に一文字あきを多用することを歓迎しません。が、本書では読みやすさを優先し、教祖の判断で積極的に一文字あきをいれました。（作者の希望で一文字あきをいれてない歌もあります）

八、短歌以外の形式で表現したほうが面白くなる内容のものは、短歌にしては駄目です。

マスノ短歌教の皆さん、いい恋してますか。

教祖マスノは全然してないです。ヤな恋なら時々してるけど。じゃあ「アンアン」の恋愛特集でえらそうにコメントしたりしてるのはなぜなの、教祖様!?*1 それに別の号の「アンアン」で好きなテレビ番組について語ったりもしてるけど、最近の教祖様って何かチョットちがう……。そんなふうに不安になってる信者もいるかもしれないけど、ハニー、ゆるしておくれ。教祖は布教活動のためには、何でもやってみることに決めたんだ。

そんな教祖は今月、久々に新作短歌をつくりました。「小説新潮」十二月号に載ります。テーマは「性」で、新鋭歌人・もりまりこ氏とのコラボレーション（共同制作）。女の歌をもりまりこが、男の歌を枡野浩一が担当するという、超えっちな企画です。しかもイラストレーションは、ななななんと魚喃キリコ（なななん・きりこ）!!興奮のあまりオヤジな駄洒落でまとめてしまいましたが、すばらしいページになりました。

これはもう、信者じゃなくても見逃せません。教祖がよく行く青山ブックセンター（教祖の短歌集も平積み♡）の店員さんはぜひ「小説新潮」十二月号を大量入荷して、「キューティ・コミック」の隣に山積みしてくださいね。

⧄

今月ハガキを送ってくれた皆さん、ありがとう。送ってくれた人は全員、信者に認定します。先月は投稿作のレベルが上がったと大喜びしていた教祖ですが、今月はそのことを少々反省しています。というのも、キューコミの編集者Kさん[*2]に感想をたずねたところ、こんな鋭いＦＡＸをもらってしまったからです。

〈「前略」何と言いますか…。先月よりも確かにレベルは上がってるのですが、「うまく書こうとしてうまく書けた短歌」が増えたように思います。うまいんだけど、そのうまさがガードになっていて作者の顔が見えにくいなぁと…。（そしてこれは短歌に限らず、持ち込みのマンガにも言えることなんです。毎日の様に持ち込みの子に

「照れなかった者勝ちだよっ！！」と話してます）〔後略〕〉

……新人漫画家の持ち込み原稿をたくさん見てきたKさんの言葉だけに、含蓄があります。短歌というものは内容の現実味ばかりがうんぬんされて、表現技術が軽視されがちな文芸ジャンルなので、*3 教祖は必要以上に表現技術を重視していたかもしれません。反省……。

本来なら「表現技術はあって当然。それ以上のものが歌から伝わってくるか」というのを見なくてはならないのでしょう。難しい。でも、難しいからこそ面白いのです。教祖もいっそう心をひきしめて歌と向き合います。〼

では、修行に入りましょう。今月の一通目。

①　あの人の手と足を切り水槽に沈める　これで毎日会える

②　魚のまね身をくねらせて口ひらく　何か言いたい？　私の名前？

③　ねえあの娘つれて来ようか？　見せようか？　嫌なの？　もう好きじゃないの？

（おかざき真里）

……おお。あなたは単行本『シャッター・ラブ』（集英社）が大好評の漫画家・おかざき真里さんではないですか。オカザキマリの名前で描いた教祖の短歌集のイラストがポストカードになって全国で絶賛発売中のあなたが、わざわざマスノ短歌教の信者になってくれるとは……教祖、感激です！

けれども、短歌の指導に関しては、ほかの信者と同じく厳しく行きます。おかざきさん、この三首の一番の欠点は、三首まとめて読まないとストーリーがわからないところです。もちろん「連作」といって、歌をいくつか並べることでストーリーを形づくる手法もあるのですが、その場合でも一首一首はそれぞれに独立した作品でなければならないのです。

たとえば教祖なら、①②③の歌をこのように一首にまとめてしまいます。

あの娘には見せてあげない　手と足を切ったあなたを飼う水槽は

どうでしょう、おかざきさんの中のイメージとは、別モノになってしまいましたか? 〈いつかこーゆーマンガ描きたいにゃー。〉とお手紙が添えてありましたが、やっぱりこの内容は漫画にしたほうがいいと思いますよ。おかざき真里の画力があれば、すばらしい作品に仕上がるでしょう。すごく読みたいです。(キューコミでどうですか?)[*4]

おかざきさんだけではなく、すべての信者がキモに銘じてほしいことを今から言います。短歌以外の形式で表現したほうが面白くなる内容のものは、短歌にしては駄目、です。

ここまで厳しい姿勢で短歌に取り組んでいるのは世界でも教祖一人かもしれませんが。短歌は、ある内容を短歌にすることで一番その内容が伝わる場合のみつかうべき形式、と教祖は考えます。

なんだか禅問答みたいになってしまいますが、何度も噛みしめて読んでください。こんな真理をおしえてくれるのは、教祖マスノだけです。 ▱

では、この「おしえ」もふまえて、ほかの信者の歌も見ていきましょう。

知ってます　自分がブスなことくらい　あえてあなたに言われなくとも
（館野文江）

……じつに教祖好みの作風です。

そしてそのことは「教祖と作風が同じ」という致命的な欠点でもあるのです。教祖は今のところ男なので人からブスと言われた経験はないのですが、もし教祖が女ならこれと一字一句ちがわない歌をつくっていた可能性があります。つまりこの歌の完成度はカンペキ。普遍性もあります。ただ、教祖にもつくれちゃう、そこが難[*5]。

とはいえ、だれにでも思いつきそうな内容だけど、精神面でここまで軽やかにひらきなおるのは難しいはずです。それは明らかに館野さんの手柄。ここから一歩踏み出る個性があれば、鬼に金棒でしょう。いや、館野さんの顔は鬼のようだって言いたいんじゃなくて。

幸せな誕生日だった。だってあさってフラれるなんて、知らなかったから。（あしたか）

さっきの館野さんのとは対照的な作品です。五七五七七のリズムなんて、これっぽっちも考えてませんね。句読点もつかいまくって、いったいどこが短歌なんでしょう（怒）。まあ世の中には「自由律短歌」と称して、こういうのばかり書いてる歌人もいるみたいだし（例＝もりまりこ）[*6]、この一首に限ってはよくできているからゆるします。

でもね、せっかく人々の心に侵入しやすい七五調のリズムがあるんだから、それを利用したほうがおトクだと教祖は考えます。あしたかさんの発想をそのまんま、七五調にすることもできるはず。

あと、句読点をつけると、どんな退屈な言葉だって一見意味ありげに見えちゃうんです。それは危険なワナ。記号なんか全部捨てても通用するような強い言葉を構築しましょう。

掲載まであと一歩の人の名前を挙げて、今月の修行を終わります。

スーモーさんは、自分の詩的＝私的感覚をもっと他人に伝える工夫を。常連の青井このみさん、西尾綾さん、特待信者の脇川飛鳥さんは、今はとにかく歌をたくさんつくってください。アーニャ2号さんと天野慶さんの作品は、たぶん次号で紹介します。仁八健代さん、教祖が怒ったことなんか忘れて、また短歌送ってください。[*7]受験生だった穂積まゆさん、最近どうしてるのかな。教祖のワープロには信者の名前が辞書登録されてますよ。

では、また会いましょう。

「キューティ・コミック」一九九九年一月号（一九九八年十一月発行）

＊1　その後、セックス特集でもコメントしました。友人みんなに「読んだよ」と言われた。るるるる〜。

＊2　Kさんは、漫画編集プロダクションの星「シュークリーム」のスタッフ。本書の編集も一部手伝っていただきました。

＊3　表現技術が軽視されがち……というのは反論の多そうな意見かも。でも、短歌界にはあまりに

技術レベルの低いものが平気で流通しすぎだと思っています。

＊4　その後、おかざき真里はキューコミで描くようになった。

＊5　でもこの歌はとてもよくできています。ＮＨＫ「かんたん短歌塾」でも紹介させていただきました。

＊6　もりまりこ短歌の例〈はじめまして。／もうすぐ遠くへ行ってしまうんです。／はるけき季節へ〉

＊7　仁八健代さんに関しては、次々回のところ参照。

九、自分と同じ経験をしていない人にこの表現は通じるか？と、常に自問してください。

マスノ短歌教の信者の皆さん、「生きてる」って実感するのはどんなときですか？

教祖マスノは、スキンヘッドを電気カミソリでつるつるにしているときです！　ひげをそるついでに頭もそるんだけど、面積が広いからけっこう時間かかります。そのぶん、「生きてる」って感じてる時間も長くなった感じィ。きっとお坊さんも、教祖とおんなじ気持ちになるんだろうなって思う。このままだと、いつか悟りをひらいてしまいそうな教祖です。

信者のリヨウコさん、お手紙ありがとう。〈私は教そは、あの写真[*1]からみて短歌以外ではヘナヘナしてる人かと思った。でも冬がちかいのにスキンヘッドにするなんてカッコよすぎる。ヘナヘナしてない人だと思いなおしました。そんな男前の教そのカオが見たいです。最新の写真を（キューコミに）はりなおして下さい。〉

……教祖を〈教そ〉と表記するだけで、なにもかもがヘナヘナしちゃいそうですが、リヨウコさん以外にも何通もリクエストのハガキが届いてました。ここまで言われたら、写真を変えないわけにはいかないでしょう。イラストを描いてくれた名誉信者の南Q太先生は、どうして教祖の実物を見てないのに、そっくりに描けたの？　不思議でなりません。[*2]

⧄

今月は、さっさと修行に入ります。いつもより掲載する作品を多めにして、個々の信者へのアドバイスを細かくやってみましょう。自分の作品に対するコメントじゃなくても、必ず参考になるはずだから熟読するように！　というわけで予告どおり、先月届いてたけど紹介しなかったアーニャ2号さんの歌から。

みな笑う　お日様笑っていい天気　恋する日々はのど渇くかも

（アーニャ2号）

……この歌は、後半がいいですね。〈恋する日々はのど渇くかも〉。最近ヤな恋しかしてない教祖は、のどよりも心やあそこが渇きがちなんですけど（↑オヤジ）。まるで古典の名作のようないいフレーズです。（って、実際に古典からの引用だったりしたらどうしよう。古典に詳しい人、読んでたらお手紙ください）

アーニャ2号さん、前半はおざなりな感じがするから、別の書きだしを考えてみてください。いいのが完成したら、また送って。

⧄

①あなたには伝えられないものがあり暗闇のなか鳴り続くベル

②マシュマロのやさしさのまま手を離す弱い私を許してほしい

（天野慶）

……天野慶さんのも、先月届いていた歌。二首とも、いいですね。あなたはたぶん、マスノ短歌教の外でも活躍できるでしょう。今はマスノ短歌教で修行を重ね、ゆくゆくはスパイとして短歌界に潜入、マスノ短歌教の布教に大い

に役立ってくれそう。期待してます。*3

①は、前半と後半の文章が厳密にはつながっていないのですが、そこが不安な気分を強調していて効果的です。後半を〈暗闇のなかベル鳴り続く〉にしちゃったら、面白くない。

②は、若手歌人に人気のある有名な歌、

するだろう　ぼくをすてたるものがたりマシュマロくちにほおばりながら　（村木道彦）

をふまえているのでしょうか。〈マシュマロのやさしさ〉は残酷さと紙一重であり、そんな残酷さを持った私は弱い人間なのだ……という鋭い認識が歌を貫いています。天野さん、お見事。　⧄

①　幸せな気分があれば幸せはいらない　そんな恋をしていた

② 道端に体育座りの人ひとり入れるほどのゴミ箱がある　（みい）

……みいさんの歌も、なかなかいいです。

①はやや理屈っぽいし、〈そんな恋をしていた〉というまとめ方はよくある〈教祖は五首くらい似た歌を見ました〉のでマイナス。まあ、模範解答といったレベルでしょうか。

②は面白い。実際には人なんて入ってないはずなのに、どうしてもゴミ箱の中の〈体育座りの人〉を想像してしまいます。物騒な世の中の不穏な空気すら感じさせて秀逸。いかにも短歌らしい短歌で、そこがつまらないとも言えるのですが、ベテラン歌人の奥村晃作にウケそうな作風です。参考までに奥村晃作の歌で、教祖が好きなのを一首紹介します。[*4]

次々に走り過ぎ行く自動車の運転する人みな前を向く

（奥村晃作）

……あたりまえのことを歌ってるけど、その「あたりまえ」が不思議に思えてくるでしょ？

⧄

独り立つ断崖絶壁　飛べないのは望みがあるから？　羽がないから？

（脱プー子ちゃん）

……これもかなりいい歌。でも、〈望みがあるから？〉と〈羽がないから？〉は前後を入れ替えたほうが、より効果的なはずです。後半の七／七は、いっそ両方ともわざと字余りにして、八／八としたほうがリズムがいいでしょう。

たとえば、

独り立つ断崖絶壁　飛べないのは翼がないから？　望みがあるから？

って感じでどう？　うーん、元のほうがいいかな。

〼

瞳閉じ電車を一本やりすごす　見つめていればきっと飛び込む

（岡田さおり）

……これは、評価に迷う歌です。教祖は昔、

手荷物の重みを命綱にして通過電車を見送っている

（枡野浩一）

という歌をつくったことがあります。だから、岡田さおりさんの歌の気分はすごくよく実感できるんだけど……。こういう内容って、電車を見ていて思わず飛び込みそうになったことのある人にしか、ぴんとこないんだよね。自分と同じ経験をしていな

い人にこの表現は通じるか？　と、常に自問するようにしてください。

二首をくらべてみると、それでも教祖の歌のほうが、表現に工夫があるでしょう。こういう伝わりにくいことをテーマにする場合は、いつも以上に言いまわしを吟味してください。

⧄

生理痛頭痛腰痛歯痛痔痛　せかいのおわりってやさしいかもしれない　（柚子）

……前にも掲載したことがある柚子さん。[5]〈生理痛頭痛腰痛歯痛痔痛〉などと単語を羅列するのは短歌の世界ではよくある手法だし、さだまさしの『恋愛症候群』というヒット曲にも同案があったけど、〈せかいのおわり〉をぼんやり待ち望むような気持ちがサクッとすくい取られていて、インパクトを感じました。

⧄

こうやって信者の歌を並べると、みんな、ハードに生きてるって感じだねえ。ガンバレなんて、教祖は言わない。言いたいのは「また歌を送ってください」ってことだけです。

今月「掲載まであと一歩」だった人へ一言ずつ。

西尾綾さんは、「こころぼそさ」をじつにうまく表現しますね。どの歌も掲載できるレベルですが、読後感がみんな一緒なのはいかがなものか。時には冒険してみてください。かばかめのさんは、ハガキの書き方とかセンスいいのに、いつも惜しいです。都さん、じぼさん、ちぢゃりんさん、あと半歩。しばらく信仰をお休みするという有沢晶子さん。また歌が生まれたら、いつでも戻ってきて。

では。

故郷に帰って新しい仕事を始めたという、特待信者の柳澤真実さんの新作（〈回送のバス〉という比喩がせつない……）を味わいながら、お別れしましょう。

また来月！

好きな人いたんだ　そっか　気づかずに回送のバスに手を上げていた

（柳澤真実）

「キューティ・コミック」一九九九年二月号（一九九八年十二月発行）

＊1　〈あの写真〉は、今はなき光琳社出版の雑誌「ストア」の取材で撮影されたもの（撮影＝東辻聖）。
＊2　キューコミ連載時には、南Q太の描いた教祖・枡野浩一のイラストが添えられていた。
＊3　天野慶はその後、着実にスパイの道を歩んでいる。本書「作品集」の章を参照。
＊4　高野公彦編『現代の短歌』（講談社学術文庫）より。この文庫は、いろんな年代の歌人の作品と出会えるのでおすすめ。
＊5　柚子さんのこと、本書「最後に」の章でも少し触れました。

十、現代人が古文で短歌をつくることは、日本人が不正確な英語で歌を歌うことと同じです。

マスノ短歌教の信者の皆さん、何か新しいこと始めてますか?

教祖マスノはほとんど休業中だった作詞の仕事に、また本気で取り組んでみることにしました。去年つらい失恋を経験したせいか、年末年始はいい詞が次々と生まれて、自分の才能に驚くばかりです。

このたびプロの作詞家・作曲家を集めて、「Ｓｏｌｏ」というバンドも始めました。ここで突然ですが、ボランティアでボーカリストをやってくれる人を大募集！　これがきっかけで歌手デビュー……なんてことはあまり期待できないけど、地道にライブ活動をしたりデモテープをつくったりするのを手伝ってくれるという人、歌声を入れたカセットテープや自分の写真を送ってくれると嬉しいです。[*1]

あー、貴重な誌面を「じゃマ〜ル」[*2]化しちゃってすみません。これじゃあナンパみ

たい。でも真剣に探しています。夜、露、死、苦♡

〼

では、修行に入ります。今月ハガキを送ってくれた人、ありがとう。送ってくれた人は全員信者に認定します。何人いるのかをかぞえるのも面倒なくらい信者が増えてきたため、競争率もやたらと高いです。普通の短歌雑誌だったら平気で採用されるようなレベルの作品も、ここではボツになったりするから、おそろしい。

きょうはまず、信者の質問にお答えします。

最初は、渡辺実佳さんからの質問。

〈文語と口語はどちらを使うか統一すべきでしょうか。〉

……はい、絶対に統一してください。というより文語（古文）で書かれた短歌を教祖は認めません。現代の書き言葉に出てくる程度の古くさい言いまわし（例、「〜のごとく」「取るに足らぬ」）ならばオッケーですが、古文の教科書に出てくるような文語調短歌は、マスノ短歌教には送らないでください。理由はいろいろありますが、あえて一個だけ言っておくと、つかい慣れた口語（日常語）でさえ自分の気持ちを的確に表現するのは難しいのに、勉強しなければつかえない大昔の言葉で、いい短歌をつくることなんか不可能だからです。

教祖以外の歌人の皆さんが文語で短歌をつくるのは、教祖に言わせれば単なる現実逃避。日常語で勝負できるほど内容のある短歌をつくれないから、雰囲気だけ和歌っぽくして、何かを表現したような気分になってるだけです。それって、文法や発音のおかしな英語で得意気に歌ってる、洋楽かぶれの日本人みたいでしょ？　英語を母語とする国の人々が聴けば、そういう歌は失笑モノなんです。[*3]古文の難解な雰囲気で読者を煙にまけば、「あんたの歌、つまんない」と批判されずに済んでラクですよね。でも、そのせいで歌人の大多数は、普通の作文を書かせると超へたっぴなんです。

（歌人の皆さんの反論、お待ちしてま〜す）

次の質問は、しいたけさんから。

〈一度没だった歌を練り直して再投稿しても構いませんか？〉

……はい、構いません。たとえ一度掲載された歌であっても、もっといい表現に推敲できた場合は、堂々とまた送ってください。それが本当によりよくなっている場合は再度掲載し、薄謝進呈します。一粒で二度おいしい。なんてすばらしいシステムなんでしょう！

今月の掲載信者、ひとりめです。

⧄

突き刺さるこっこのうたに経験ないのに共感してる

（かばかめの）

……いつも惜しいところで没になっていた常連、かばかめのさん。やっと教祖の短歌集を買って読んでくれたとのことだけど、そのせいか急激に上達しました。でも〈こっこ〉は固有名詞だから〈Ｃｏｃｏ〉と、正確に表記してください。タテ書きにすると視力検査表みたいだけどね。あと、いくらなんでももうちょっと、五七五七七のリズムに近づけたほうが読みやすいです。たとえば、

突き刺さるＣｏｃｏのうたに似たような経験ないのに共感してる

というのはどう？　自分でも工夫してみて。もっといい案が浮かんだら送ってくだ

さい。[*4]

ところで〈マスノさんけっこんしてるの?!　けっこんしてないのならけっこんして下さい。〉とのプロポーズ、嬉しかった。でも教祖は信者みんなのもの。まだ君ひとりには決められないんだ。どうかゆるしておくれ、ハニー。

〼

ふたりめの掲載信者は、マスノ短歌教には非常に珍しい男性信者です。（それにしてもキューティ少年っていないの？　カップルで読んでる読者はゼロ？　求む、男性信者！）

①　新しい真夏の恋を手に入れた途端に不安も感じる年齢

②　毎日がやけに楽しく感じてるいまのワタシがまともなワケない

③　速報の字幕のようにしゃしゃり出るような男に先を越される

④　初めての時のコトなど忘れたが昨日の相手も思い出せない

⑤ この街で生きてく意味がないようにあの街で生きていく意味もない

⑥ 絶対と言えるコトなど絶対にないってコトは絶対言える

⑦ 地球には60億の人がいて友達3人　恋人はナシ

（むらやまじゅん）

……一度に百首以上送ってくれたむらやまじゅんさんは、教祖の知り合いのライターさんなんですね（ちなみに教祖マスノとむらやまじゅんが一緒に原稿を書いている本に、宝島社刊『このマンガがえらい！』があります）。ほんとは一度に三首までしか認めてないんだけど、熱意に免じて今回は特例です。ただし、一度に七首載っても一首載ったのと同じ薄謝進呈しかできないんです、あしからず。なんてすばらしくないシステムなんでしょう！

むらやまさんは、人気ライターだけあって、やっぱ水準高いです。ただ、言葉のチューニングがやや甘いって感じもする。まあこれだけ書ければ、あとは時間がたってから冷静な目で読み返せば、おいおい弱点もわかってきて自力で直せるんじゃないでしょうか。[*5]

一応コメントすると、①は最後のほうのリズムがもたついてるし、②は全体的にもっとシャープにできるはず。③は〈ように〉〈ような〉の連続は評価が難しいところ。④は素直に考えれば〈初めての相手は今も覚えているが〉という前半になるはずだと思うけど、どう？　⑤は〈生きてく〉〈生きていく〉を混用するのは文字数合わせに失敗した感じがしてマイナス。たとえば後半を〈あの街で生きてく意味だってない〉にすれば解決します。⑥はカンペキ。でも教祖の代表作〈無理してる自分の無理も自分だと思う自分も無理する自分〉と形そっくりだよねえ。そして⑦、このミもフタもないそっけなさに感動しました。[*6]

選んだ教祖の好みの反映もあるだろうが、なんか語尾が〈ない〉〈ない〉ってナイナイづくしの否定形ばっかしなのが気になります。くじけるな、むらやまじゅん。恋人がいなくて友達が少ないのは君だけじゃないさ。

〼

漫画家のおかざき真里さんから届いた短歌、なかなかよいので来月紹介する予定。じゃ、掲載まであと一歩だった信者を、敬称略で紹介して終わりにします。岡田さおり、青井このみ、藤井裕、天野慶、片倉美登、おじゃる丸、アキ。また挑戦してね。それから仁八健代さん、雑誌を買わずに投稿だけしてるなんて濡れ衣を着せてごめんなさい！　訂正して、おわびします。

全国の信者の皆さん、仁八健代さんは毎月キューコミを買ってます‼

「キューティ・コミック」一九九九年三月号（一月発行）

＊1　その後、Ｓｏｌｏのメンバーも参加して枡野浩一全曲作詞のアルバムをつくりました。宇多田ヒカルと同じ東芝ＥＭＩから発売！

＊2　「じゃマ～ル」は休刊に。どんな雑誌だったかは、発行元のリクルートにお問い合わせください。

＊3　古語調短歌をつくっている若手歌人が、「古語のほうが七五調にハメやすくてラク」と言っていた。つまり、技術がないから安易な道に逃げているのだ。ロックに日本語はのせにくいとして、英語で歌うミュージシャンが主流だった時代を思わせる。昔はたしかに「日本語ロック」の成功例は少なかったと思うが、今やスガシカオや真心ブラザーズがいる時代である。

＊4　〈似たような経験ないのに〉の部分を、〈私まだ経験ないのに〉にするという案もあるかも。後者の場合、「経験＝性体験」というイメージに限定されるけど。

＊5　むらやまじゅんは、「TILL」第四号（新風舎）枡野浩一特集で大活躍。男性ライターで枡野浩一の短歌を支持してくれる人はほかにも何人かいて、音楽系ライターの土佐有明は自らのホームページで自作短歌を発表しています。「happy voice」02号では『マスノ短歌教／番外編・特別個人指導』を企画・執筆してくれました。

＊6　この歌は、NHKの「かんたん短歌塾」でも紹介しました。

十一、自分の書いた言葉を他人の目になって読み返す力、それが文章を書く力です。

マスノ短歌教の信者の皆さん、流行に踊らされてますか？

教祖マスノはｉＭａｃ買いました。色はクールミント（↑教祖が命名）[*1]。持ち主に似て虚弱……いや、繊細なところがあるらしく、早くもメモリーの異常が発覚。買った店に一度返送することになりました。とはいえ電子メールを送ったり、いろんなホームページを覗いてみたり、そこそこ活用してます。名誉信者・南Ｑ太先生のホームページに書き込みしまくる教祖マスノ、見られる人は見てみてください。

マスノ短歌教のホームページをつくるのが夢なんだけど、いったい何から手をつけていいかわからず途方に暮れる教祖だ。教祖なのに、だれも手伝ってくれないのかな。教祖って、名前だけで本当はドレイなんじゃないかな。そんな疑問がふと頭をかすめる日もあるけど、気づかなかったことにして修行を始めます。[*2]

今月ハガキを送ってくれた皆さん、ありがとう。送ってくれた人は全員、信者に認定します。特待信者に選ばれた人（今のところ柳澤真実さんと脇川飛鳥さんの二人）だけは、一度にたくさん投稿することをゆるします。それ以外の信者は、きまりに従ってください。⧄

今月の惜しかった信者を先に挙げておきます（敬称略）。佐藤慎子、みい、ちぢゃりん、竹田明日香、青井このみ。青井さんには教祖、厳しすぎるかなあ。くじけず続けて送ってね。

いつかマスノ短歌教を本にすることがあったら、そのときは「常連信者の作品コーナー」をつくりたい……なんてことを夢みています[*3]。だから、載らなかった作品も捨てずに保管し、時々読み返しては推敲を重ねておくように！　一度ボツになった作品の、再投稿も歓迎です。⧄

というわけで先月予告しておいた、漫画家おかざき真里さんの新作です。

①犬のあたま割っといたから今夜急にあなたがきてもパパにばれない
②教会をさがしに行こう　白い花に埋もれたあなたトランクにつめて
③撃っていい理由になるよね　だってあの店員の息くさすぎるよね

（おかざき真里）

なるほど〜、こう来ましたか、おかざきさん。前回の投稿作より断然面白いですね。本人も言ってるように〈アメリカ・ロードムービーのかおり〉がします。これはこれでありなんですが、う〜ん。こういう世界って、穂村弘という歌人がすでに開拓しちゃってるんですよ。ご存じかもしれないが『シンジケート』（沖積舎）って短歌集で。で、穂村弘のフォロワーっていうのもいっぱい出てきて、荒野状態なんだよね。このあいだ小説家の高橋源一郎さんにお目にかかったとき、教祖の作風も穂村弘に似てるよねって言われちゃったからヒトのこと言えないけど、教祖はスタンスや目的地が根本的にちがうからいいんです。[*4]

やっぱ前回と同じコメントになっちゃいます。おかざき真里の場合、同じ内容を漫画にしたほうが、絶対すごいものになりますって。そして、ほかの形式で表現したほうがもっと面白くなる内容を短歌にするのは駄目っていうのが、くどいようだが教祖の考えです。

それにしても恐るべきはオカザキマリ、やれば何でもできるねえ。漫画家とイラストレーターとCMプランナーと電脳クリエーター（！）だけじゃ不満？　教祖のたったひとつのトリデである短歌も奪いたい？　もう勘弁して……。

次は、常連信者の西尾綾さん。⧄

①　この足に吸いつくような青い靴を履いていたんだ　夢だったけど

②　赤色の髪の根元が黒いのは君がよく言う宿命だろう

③　きのう見たクモが心地のいい場所へ行けたならもう会えなくていい

（西尾綾）

……いつも西尾さんには厳しくしがちだったけれど、今回は三首ともなかなかでした。

①の〈夢だったけど〉っていうのはナイス・フレーズ。これさえつかえば、いくらでもスタイルのいい歌がつくれそう。たとえば、

店じゅうの人が枡野の短歌集買っていたんだ　夢だったけど

とかね。この①は傷のない歌ですが、〈青い靴を履いて〉の〈を〉は絶対必要ですか？　助詞を省くと幼稚になるから教祖もなるべく省かないようにしてるのだが、この場合は〈青い靴履いて〉でもいいんじゃないかという気がします。

②の〈宿命だろう〉も、きまってますね。たあいのない小さなことを、わざと大げさに〈宿命〉とか言う……ってのは、短歌的レトリックの基本中の基本ですが、成功しています。

③も、ごくごくささやかな内容だけどスタイルが整っているから、説得力がありますね。

西尾さんは短歌を本格的にやってる人なのかな。特待信者になれる実力ですが、もう少し作品を見せてください。楽しみにしてます。

⧄

イケてると思いこもうとする私　顔ひきつらせ出る美容院　（びび）

……レベルの高い作品が並んだので、ちょっと息ぬき。こういう、実際に日常生活でよくあるサザエさん的出来事を詠んだ短歌っていうのはたいてい失敗するんですけど、これはまあまあですね。あたりまえの言葉で、だれもが思いあたるであろうエピソードを大づかみに表現して、それなりにまとまってます。前半と後半がぶちっと二つの文章に分離してしまっていて、下手といえば下手なんですが、これはこれでオッケーでしょう。内容に合ってて。[*5]

⧄

と、ここまで書いたところで、キューコミ編集部のKさんからメールが届きました！

〈原稿まだですか教祖様。早くしてください教祖様。南Q太さんのホームページに書きこむのはいいかげんにしてください教祖様。それにしても前から気になっていたのですが、恋の歌の傑作って、なかなか届かないものなのですね。つくってる人は多いのに…。〉

メールの前半部分は教祖の妄想ですが、なるほど、モットモなご意見です。短歌に限らず、表現というものは書き手が冷静でなければ成立しないんですね。自分の書いた言葉を、いかに他人の目になって読み返すことができるか？ その力こそが一番大事だと思います。

恋するってことは冷静じゃなくなるってことですから、ほんとに恋してる時期は、いい歌は生まれにくいはずです。むしろ恋の終わりに気づくころに、いやでも面白い歌ができてしまうのですね。そう、こんなふうに。

① 無理すれば週末デートできるのにもう無理しない自分に気づく　／

②　**「仕事だろ？」わたしのことを疑いもしないあなたを疑っている**

③　**プロポーズ喜んで受けてしまったら愛人時代のわたしに悪い**

④　**もう会えないワケじゃないけどまた会える保証もないよ　人生だもの**

⑤　**ツケヅメを自分の爪だと思ってていきなり剝がれたような失恋**

⑥　**〝コーヒーはブラックで飲む〟こと以外わからなかった　あなたと寝ても**

（佐藤真由美）

……特例で六首まとめて載せます。ここに描かれている恋愛の風景はわりと「普通」だけど、表現技術としては「これがスタンダード」と言えるレベルに達しているでしょう。四の五の[*6]コメントはしません。何度も読み返して、こまかい言いまわしを味わってみてください。⧄

今月の修行はこれにておしまい。また来月、この場所でひととき出会い、別れましょう。

「キューティ・コミック」一九九九年四月号（二月発行）

＊1　このiMacは売ってしまい、二〇〇〇年現在はファンタオレンジ色のiBookを愛用。
＊2　枡野浩一仮設ホームページ、アドレスは〈http://talk.to/mass-no〉。ずーっと仮設のままです。二〇一四年現在は公式サイトがあるが、ずーっと工事中です。
＊3　つくりました。本書の「作品集」の章がそれです。
＊4　やっぱ穂村弘と枡野浩一はそんなに似てないと思う。俵万智と枡野浩一が似てる程度には似てるかもしれないが、そんなこと言ったら現代語で短歌つくってる歌人はみんな似てる？　ちなみに穂村弘の短歌入門書『短歌という爆弾』（小学館）は二読の価値あり。『短歌という爆弾』は二〇一三年に文庫化。解説を枡野が書きました。
＊5　頭から尻まで一箇所も切れてなくて、正確な散文（普通の文章）になってて、しかもぴったり五七五七七になってて、内容も面白い短歌……それが一番難しい。
＊6　しのごの、と読んでね。

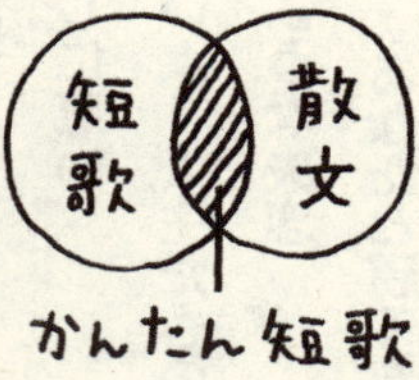

十二、特殊効果をつかうと意味ありげに見えてしまうけど、それは危険なワナです。

マスノ短歌教の信者の皆さん、『ますの。』（実業之日本社）を買ってくれてありがとう。

最近の教祖は本のプロモーションのために、テレビ（テレビ朝日「未来者」）に出たり、「フォーカス」[*1]に美人作家と並んで撮られたり、「日刊ゲンダイ」で初体験の思い出を語ったりする毎日です。いくら信者だからといって、一人で何冊も買う必要なんかないですよ。ただ、書店に置いてないときは「なんで『ますの。』ないんですか、テレビで見たんです、『ますの。』欲しいんです」と焦燥感たっぷりに店員さんを非難してから帰るとか、友達と本屋に行ったら「『ますの。』の面白さってさあ」と大声で論じ合うとかしてくれるだけでいいです。

ちなみにテレビのロケでは、キューコミ編集部のご協力をいただいて、信者のハガキを選ぶ教祖も撮影してもらいました。神様、マスノ短歌教もついにここまで来ましたよ。今後もますます信者が増えていきますように。〼

ところで信者の皆さんへ真っ先にお伝えしたいことがあります。『ますの。』初版本のP.105にフセ字が五文字あるのですが、ここには本来「尾崎かまち」という架空の人物名が入ります。あくまでも架空の人物名なのに、なぜか問題があるということになってしまい、宗教の自由を守る教祖としての立場からも闘ったのですが、さまざまな事情でこのような形で出版することになりました。だから信者の皆さん、ぜひ正しい形の短歌を記憶し、いつまでも語りついでいってください。

先立ったわが子の遺書を売る親よ　尾崎かまちは自殺じゃないか？

（枡野浩一）

言うまでもなく「尾崎かまち」とは特定の個人というより、私たち生きている者が勝手につくりあげてしまった「虚構の故人たち」の象徴であります。今回の短歌集の中でもキーになる歌だったので、中途半端に作品を差し替えるよりは、読者の皆さんがフセ字の中身を想像してくれるほうがいいと判断しました。信者の皆さんからは、その「フセ字の中身を想像する楽しみ」を奪ってしまったわけですが、信者なのだからがまんしてください。

いずれは「尾崎かまち」というステッカーを自主制作しようかとか、サインを求められたら太マジックで「尾崎かまち」と書こうか[*2]とか、あれこれ対策を考えてはいます。ただ、常に教祖は前例のないことばかりやっているため、こういうトラブルが起きた場合もどう対処するのが一番いいのかを自分で考えなくてはなりません。世の中に存在する短歌集というのは99％が自費出版なので、短歌の一部がフセ字になったりすることもなかったのですね。俵万智の本は自費出版ではないが、フセ字にする必要なんてないですしね。俵万智といえばオザキカマチを「御座机下万智」とか表記すればオッケーだったのかとか今思いました。

⧄

そんなわけで今月の教祖は疲れています。どんなに疲れていても信者には元気な姿を見せていきたいと自分に言い聞かせてきたけど、今回ばかりは疲れを隠さずに修行に入ります。

まずは信者からの質問にお答えしましょう。

〈ところで、短歌はたて書きにするようにとおっしゃってますが、これは「5・7・5・7・7」にするとか口語体で書くとかいうような、絶対的なルールでしょうか。ふだん横書きで文章を書く人が多いと思いますが、文語から口語の歌が認められてきたように、横書きの短歌というのは認められることはないのでしょうか。枡野さんの見解を教えていただければ幸いです。(杉谷有子)〉

杉谷さん、いい根性してますね。この教祖様を「さん付け」で呼ぶなんて。しかも挑発的に横書きでハガキを書いてくるなんて。応募要項をよく読んでもらえばわかるように、もちろんタテ書きというのは「原則として」です。一行で書いてくださいというのも同様。応募要項をきちんと読めば書いてあることですから、普通ならこういう質問は無視するのですが、ここには考えてみるべき問題提起があると判断し、あえて取り上げてみました。

なぜ短歌を原則として一行で、タテ書きで書いてほしいのか？　それは、修行の段階では、ギミックなしで勝負してほしいからです。ギミック（特殊効果）で誤魔化してしまえば、目先の新鮮さを演出することなど簡単にできるのですが、それでは短歌は上達しません。以前の修行でも言ったことがあるけれど、句読点をつかったり、一文字あきを多用したり、漢字・ひらがな・カタカナの書き分けをわざと変にしたりすれば、それだけで短歌は意味ありげに見えてしまう。それは危険なワナなんです。ただでさえ七五調のリズムという効果に頼っているわけですから、それ以外のことはできるだけストイックにすべきだ、というのが教祖の見解です。

そして「横書き短歌」というのも、ギミックだと教祖は考えます。いくら横書きが普及してるといっても、小説などの書籍のほとんどがタテ書きにされている今、ことさらに短歌を横書きにすることは、それだけで奇をてらっていると思われても仕方がないでしょう。*3

あらゆるギミックを排除し、わかりやすい普通の言葉だけをつかって、それでもなお読み手の心を立ちどまらせてしまうような歌。マスノ短歌教が理想とする境地は、そこです。

その境地に達することができたら、あとはどんなギミックをまぶしても大丈夫でしょう。教祖の短歌集はイラストがついてたり、ゴシック体という太い文字で短歌が印刷されていたり、改行や一文字あきが多用されていたりしますが、どの歌も改行や一文字あきをなくしても読めるように、人々に引用され少しばかり変形しても平気なように頑丈につくってあります。買ってくれた信者の皆さんには説明無用でしょうが、『ますの。』の歌はかなり大胆なレイアウトで印刷されています。こういうレイアウトにしても突っかからずにすらすら読めるのは、枡野浩一の短歌だから、なんですよ。わかっていただけましたか、杉谷有子さん。

〼

今月は作品数が多かったわりに傑作が少なかったです。ただ男性信者が増えて教祖は嬉しい。掲載まであと一歩の信者を、順不同・敬称略で挙げます。ダダスケ、オオタキ、プラチナ、鶯、道脇うさこ、青井このみ、西尾綾、片倉美登、岡田さおり、天野慶、渡辺実佳、斉藤渉、向井ちはる。特待信者の脇川飛鳥さんは、もっと初心に戻ってみてください。

〼

最後に二首だけ掲載して修行を終わります。

サザエさんあなたとタメになりました　タラオもいなけりゃマスオもいません

（静岡シズ男）

……バックナンバーの応募券を駆使して何通もハガキを送ってくれたシズ男さんは、こんな筆名だが女性信者。ほかの歌はいただけなかったけど、これだけツボにハマって笑いました。年齢をテーマにした歌はよく届くんだけど、これはサザエさんを出したのが手柄でしたね。

生でしたい日もあるだろう　「生まれたくなかった」なんて言ってくれるな

（藤井裕）

……この歌は、作者の解説を読むと意外と単純な発想で生まれたようなのだが、教祖は勝手に想像をふくらまして読んで気にいってしまいました。「男が落ちこんで弱音を吐いたとき生でさせて慰めてくれる女性」という、フェミニスト団体からクレームがつきそうな解釈。教祖の駄目な恋愛観、バレバレですね。

あーあ。やっぱ今月は疲れてるぜ教祖。こんなことなら、生まれたくなかった……。
「キューティ・コミック」一九九九年五月号（三月発行）

＊1　この初体験話は、インタビュアーの丸山あかねさんが美しい女性だったため見栄をはってしまいました。本当はとても情けなかった、いつか自分でエッセイに書くかも（書かないかも）。この「日刊ゲンダイ」のインタビューが本になるそうです。「日刊ゲンダイ」編集部＝編『私の丼タ・セクスアリスⅡ』（河出文庫）。
＊2　実際、サイン求められたら、そう書いてます。ステッカーはまだつくってない。『ますの。』の発売後、尾崎豊展にVTR出演してくださいと依頼され、フセ字の話もしました。
＊3　しかし、あとで出てくる向井ちはるさんが短歌集を出すことになったときは、短歌を横書きにすることに賛成しました。彼女の場合に限っては、作風に似合っていると感じたからです。本書「作品集」の章を参照。

十三、共感を呼ぶ題材を見つけただけで終わってしまっている、というのが、世間によくある駄目短歌なんです。

マスノ短歌教信者の皆さん、『ますの。』を読んで幸せになってますの？　今、教祖のもとには信者たちの感謝の手紙が殺到中です。

〈『ますの。』を読んだらテストで学年2番をとりました。ありがとう、『ますの。』！友達にはおしえたくないから、宣伝しないで♡〉

……そう言わず、みんなで幸せになろうよ♡

〈『ますの。』を読むようになって、髪の毛がふさふさしてきた気がします。気のせい？〉

……気のせいだろうな。つるつるもいいぞ？

〈『ますの。』は私にとって尾崎、かまち、みつを、326以来の衝撃でした…。〉

……そ、そうか？　教祖も衝撃でした……。

ほかにもいっぱいもらったけど、キリがないからここらでやめとく。バレンタインにチョコが一個も来なかったことなんて、きれいさっぱり忘れちゃうくらい嬉しいよ、ハニー。

ところで教祖は「フーコー短歌賞」という新しい短歌賞の企画委員をしています[*1]（選考委員は歌人の林あまりさん、藤原龍一郎さん）。南Q太ファンのホームページに書き込みをしたりなど多忙を極める教祖に、そんなことをする時間がいつあるのか不思議ですが、教祖のおかげで同賞受賞作がこのたび単行本になりました。優秀賞受賞の白川ユウコ『制服少女三十景』、同じく優秀賞の岡崎智加子『生命のあかり』、そして大賞のもりまりこ『ゼロ・ゼロ・ゼロ』、すべてフーコー発行（星雲社発売）の本です。

飛び降りるわけではなくてかなしさを見下ろすために屋上へゆく

（白川ユウコ）

つり革の輪がデカければ首つりの綱になるのに夕焼け小焼け
（枡野浩一）

花だらけねとの看護婦のひとことが受付を急に華やかにする
（岡崎智加子）

「あさがおは夏の花っていうよりか小学生の花って感じ」
（枡野浩一）

いつか云う？　優作みたいに「なんじゃこりゃあ」っておしまいの日に
（もりまりこ）

三代目魚武濱田成夫って枡野浩一みたいに素敵　（枡野浩一）

という具合に、枡野浩一のほうが断然いいに決まってるけど、まあ悪くないでしょ。大きな本屋で見かけたら、一応読んでやってよ、教祖の顔を立てると思って。頼みますの。

⧄

で。今月もハガキを送ってくれた皆さん、ありがとう。送ってくれただけで信者に認定します。あと、教祖のホームページに訪れるだけでも自動的に信者に！[*2] すばらしいシステムですね。まるで預金残高が足りないとき電話料金の引き落としなどがあると勝手に立て替えて借金を増やしてくれる[redacted]銀行のカードみたいに便利。そんな[redacted]銀行のカードの宣伝コピーを書く仕事をしていたという、教祖の暗い過去にはふれないで。

⧄

さて地球の寿命も残りわずか。今月からは国際社会へ向けて、よりグローバルな視野で布教活動を展開していきたいと考えております。そのため今後はキューコミ編集部の皆さんにも積極的にご協力いただき、マスノ短歌教をナウでヤングな「恋愛おしゃれ宗教」として成長させていく所存です。つまり、キューコミ編集部内で前もって「今月の評判よかった短歌」を選んでいただき、教祖はそれを参考にしながら布教する……というスタイルをとるのです。もちろん教祖は信者全員のハガキにちゃんと目を通しますのでご安心を。

では、修行を始めます。今月の一通目は、常連の片倉さん。作品掲載は初めてですね。

お雛さま三十五年目の春をこの家でまた祝いましょう

（片倉美登）

……編集部Oさんが〈同じ女として身にしみる歌〉とコメントしています。なるほど。教祖は男なのでぴんと来なかったが、たしかに三十五年目の雛祭りは身にしみるやもしれん。やもしれんなどという古くさい言いまわしをつか

いたくもなる、しみじみした歌です。

が、難を言えば後半のリズムがよくない。「この家でまたお祝いしましょ」だったらカンペキな七五調になるのだが子供っぽいか？　なんかね、〈この家で〉〈また〉などの言葉が、あまり考えぬかれてないような気がするんですよ。それは教祖が男だからぴんと来ないというレベルではないと思うな。男だからピン……って、えっちな響きかもと今書いていて気づいたのはセクハラか？　男ってヤーネ！

片倉美登（推定三十五歳）さん、同性の共感を呼ぶこと自体はすばらしいのです。が、共感を呼ぶ題材を見つけただけで終わってしまってる、というのが世間によくある「朝日歌壇」的駄目短歌なんです。[*3] そういう歌は技術で人を説得するという努力を放棄しています。女性ならではの感覚を男性にもピンと来るように表現する、それが本物の短歌でしょう？

ああ、いいこと言うよなあ、教祖。なのに、なんでチョコ一個も来なかったんだろ……。

□

同じ問題を、男性信者の歌で考えてみます。

①「シタいだけ？　それだけなのね」と吐《ぬ》かしてる　まったくもっておっしゃる通りで

②泣き叫ぶ女を置いて部屋を出る　めんどくせえな　どうしたものかと

（ロクロウ）

この歌は、編集部では大人気（!?）でした。Oさん＝〈ストレートで笑える。非常に男らしい歌で…〉。Hさん＝〈「開き直り」や「世捨て感」（おおげさですが）が漂っていて少し衝撃的〉。Kさん＝〈珍しいタイプの投稿作ですよね。うーん、パッと見マッチョな感じがするけれど、実はすごく恐がりな人なのでは、という気がします。他者を受け入れられない寂しさ、もどかしさが歌を作らせているのかな（なんて分析してみたりして…）〉。

なるほど。編集部の女性たちは優しいなあ。そして、男運、悪そう。や、失礼いたしました。

だけどロクロウ（六浪という意味？）さん。この二首は短歌づくりのスタート地点に立ったところで走り終わってしまっています。ここから走り始めて、これ以上遠くへ行けない、という地点を探るのが短歌づくりなんですよ。

たとえば①も②も最後の一音が字余りになっています。〈おっしゃるとおり〉〈どうしたものか〉で終わらせることもできるはずなのに。この「しまりのなさ」が味ではあるし、内容と合ってるとも言えるかもしれませんが。

①の推敲案をいくつか考えてみましょう。

したいだけ？　それだけなのねと怒るなよ　「ハイそうです」と言いそうだから

したいだけ？　それだけなのとナジるのは「ちがう」と言ってほしいんだろう

好きなのはからだだけかと訊く君にそのとおりだと伝えるべきか

「セックスが目当て」だったらまだマシで今じゃそっちのほうも勘弁

とまあ、このように並べてみると教祖自身の意見みたいに見えてきますが、ロクロウさんが歌にしたのはきっとだれもが思うことなんです。「だれもが思うこと」を歌にする場合は、だれもが思いつきそうで思いつかない言いまわしを発見しなくては成功作にはなりません。教祖の推敲案を参考に、ロクロウさんにしかたどりつけない方向へ走ってみてください。そして女の子には優しくね。受験がんばれよ！

〼

最後に、今月の惜しかった人を惜しかった順に挙げておきます（敬称略）。岡田さおり、青井このみ、is、松木秀、むつむつ、蟻。次回もしかしたら紹介するかもしれない信者は次の三名です。大背サワ、じぼ、富城。

それから常連の西尾綾さんと佐藤真由美さんを、特待信者に認定します。別段トクすることはないが、今後は一回につき三首と言わず、たくさん送ってきてください。

くわしくは来月。

「キューティ・コミック」一九九九年六月号（四月発行）

＊1　フーコー短歌賞は、立ち上げのときの企画を手伝いました。第二回まで枡野浩一が関わっています。（その後、この賞は出版社ごとなくなりました）

＊2　本書「作品集」の章を参照。

＊3　たとえば、〈この煙草あくまであなたが吸ったのね　そのとき口紅つけていたのね〉（佐藤真由美）という傑作を、わざと駄目短歌（あらすじ短歌）にすると、〈口紅のついた煙草をあくまでも俺が吸ったと言い張る男〉となります。あらすじ（事実の説明）になっちゃってるのは駄目短歌。描写（真実の発見）になっているのが傑作です。

十四、短歌も大切だけど、この世にはもっと大切なものもあるんですね！

マスノ短歌教信者の皆さん、こっそり好きな人をおしえ合いっこしない？　僕は南Q太さん。君は……？　あ、教祖マスノ以外でだよ。

なーんて、ちょっぴりふざけてしまったけれど、教祖はまじで重い病にかかってしまいました。恋の。しかも、こんなに好きになったのは生まれて初めてなんで、仕事が手につかなくて困ってます。心臓がどきどきする。教祖の頭の中には、いつもマスノ短歌教の信者たちだけが住んでいたのに、今は好きな人の笑顔がちらちらしてしまう。すまん、信者たちよ……。こんな教祖をゆるしてくれ……。*1

気をひきしめて、マスノ短歌教の修行を始めますが、病気なんで少し変かもしれない。ごめん。長い人生、時にはこんなこともあるさ。早くいつもの教祖に戻るようがんばるから、あたたかい目で見守っておくれよ、ちんちん。（あ、ちんちんっていうのは、「ハニー」のかわりに考えた新しい言葉です。反対語は、まんまん。みんなもつかってね、ちんちん[*2]！）

⧄

恋してるとさあ、ドリカムとか聴きたくなるよね。嘘だけど。今気にいってるのはイースタンユースというバンドのニューシングルに入ってる、『時計をとめて』という曲です。僕の好きな人も、このバンド好きなんだって。わあ、趣味合う〜。ボーカルの人、ぼうず頭なんだよね。僕と一緒だあ。ふふふふふふ[*3]。あと、恋してると、人に優しくしたくなる。教祖は今まで、信者たちに厳しすぎたと反省してます。ごめんよ。短歌も大切だけど、この世にはもっと大切なものもあるんだよね。教祖はガキだったと思う。やっぱ愛だよ、愛。

前回の修行でネチネチけなしてしまった、

「シタいだけ？　それだけなのね」と吐《ぬ》かしてる　まったくもっておっしゃる通りで

（ロクロウ）

って歌も、けっこうよくできてる気がしてきた。とくに〈吐《ぬ》かしてる〉という言葉の選び方が秀逸。「シタいだけ?」ってセリフを彼女に言わせてるのは自分なのだ、という鋭い認識と繊細な感性がなければつくれませんよ、これ。ロクロウさん、また短歌をつくって送ってくださいね。そして君が早く真実の愛に目覚めるよう遠くから祈ってる。ちんちん。

そんなわけで今月よかった歌を紹介します。☐

①　髪の毛に触れるあなたの指先が優しいなんてどうかしてるわ

②　肩抱かれ走り抜く音は山を越え谷を越えてきた心臓の音

③　信号は暴走直前の私を目の前にしてしばらく赤い

（トマトファミリー）

①は〈どうかしてるわ〉というのが魅力的。ほんと、どうかしてるわ。わかってるけど、どうかしてるものは仕方ないんだ。まんまん。

②も、わかるなあ。どきどきするんだよね。教祖は心臓がどきどきするほど人を好きになったことがなかったんで、今までの恋はニセモノだったのかも。シタいだけだったのかな。

③は傑作だと思う。暴走直前。わかるわかる。若さって、そういうものだよ。教祖も三十歳の今のほうが、あのころよりずっと若いもん。〈目の前にしてしばらく赤い〉、うまい！　短歌の世界にもなかなかないよ、こんな秀歌。〈私〉は「わたくし」と読めばぴったり五七五七七になるけど*4、ここは「わたし」と読ませて字足らずにしたほうが暴走直前な感じが出て吉。もーいっちゃえいっちゃえ!!

⧄

と、ここまでは冷静だった教祖ですが、ここからはちょっと気がぬけるかもしれない。じつは今月は不作だったのです。もう紹介したい歌がないの。でも教祖が病気で、いい作品が届いてるのに気づかないだけなのかも。来月になったら、今回の作品も読み返してみるから勘弁してくれ、ちんちん&まんまん。

あ、今月も編集部の皆さんにはあらかじめハガキを読んでいただきました。ありがとう。皆さんのご協力のおかげで教祖も人並みに恋ができる真人間になれました。「男運、悪そう」なんてひどいこと言った教祖をゆるして。優しい皆さんに素敵な恋が訪れますように。

編集部の評価も考え合わせて、今月惜しかった信者の名前を挙げておきます（敬称略、順不同）。森水晶、斉藤渉、道脇うさこ、天野慶、青井このみ、岡田さおり、向井ちはる。

ちはるさんとは、このあいだ偶然、原宿の街で会いました。[*5] あのときは『ますの。』を買ってくれてサンキュー。いつもリュックで自分の本を持ち歩き続けた甲斐がありました。しかもつるつる頭にしていたおかげで、ちはるさんも教祖にすぐ気づいたみたいだし。あんなチャーミングな信者たちがこのページを読んでくれてるかと思うと教祖は嬉しいぜ、ちんちん&まんまん!!（最上級の喜びの表現）

□

さて。先月のハガキの中から、「次回紹介するかも」と予告していた作品を紹介します。

① 目で見ることの頼りなさぼやく君の描くドラえもんもいい
② 大切なことは何も書けなかった　でも切手を2回舐めて貼るから
③ 神様が中身だけペロッて食べちゃったの　彼女と私のサンドウィッチ
（大背サワ）

……ね、なかなかよいでしょう。とりわけ①の歌は、編集部のKさんにも大好評でした。前半部分はやや説明的かなと思うけど、〈君の描くドラえもんもいい〉っていう穏やかな肯定感があったかい。さては、恋してるな？

②は〈切手を2回舐めて貼るから〉って、だから何よ？　なんて意地悪は言いっこなし。舐めるっていいよねー。やっぱ愛かな、愛。

③は意味不明な気もするが、「三角関係だった男一人女二人のうち男だけが急死した」という設定を教祖は想像しました。こういう考えオチっぽい短歌をつくることはおすすめできないんだけど、奇妙な魅力がありますね。三角関係、つらいよな。わか

るよー、わかる。⧄

意味不明の奇妙な魅力といえば、もう一人。

二十度の温めすぎた好奇心　打ちつけられたゼロの心臓
赤い瞳のせっかく捕えた蝶なのに　はずればかりの眠り薬
バラバラに　はずれのクジを脳みそに　プラスマイナス不眠解消

（富城）

……いったい、なにがなんだか、って感じでしょ？　でもまったくのデタラメかというと、そうではない気もする。作者の中に秩序立ったイメージがないと、こうは書けません。ま、ひとりよがりだと言えばそうなんだけど、ほかの信者の作品と明らかにちがっていて目立つ。目立つというのはけっこう難しいことです。次にどんな作品を送ってくるのか楽しみにしています。毎回こうだとつらいけ

どね。

作者はきっと恋してるんだと思うな。じゃなかったら、クスリやってる？　ちんちん。

最後は、特待信者になりたての西尾綾さんの新作を味わいながら、お別れしましょう。◪

西尾さん、歌にハズレがなくなってきましたね。これから少しずつ自作の善し悪しを判断する目を鍛えていけば、無敵だと思います。あとは、恋かな。恋をしようよ、まんまん。

知らぬ間に疎まれていた　リクエストしたはずのない口笛を聞く

冬の日に芽吹く鉢植えかき抱き南へ向かう出発の夢

どうなっても知らないからと言う人のいない未来を選んでゆこう

（西尾綾）

「キューティ・コミック」一九九九年七月号（五月発行）

＊1　……ノーコメント。
＊2　……ノーコメント。
＊3　その後、イースタンユースのライブ行って、楽屋で握手してもらいました。……夫婦で。
＊4　ぴったり五七五七七に……ならないですよねえ。どうかしてるわ。まんまん!!
＊5　くわしくはエッセイ集『君の鳥は歌を歌える』参照。

十五、マスノ短歌教の常連信者二人が、フーコー短歌賞の大賞と特別賞を受賞しました!!

マスノ短歌教信者の皆さん、秋ですね……。

あ、六月って秋じゃないか。はー(ため息)。

……酒、のみすぎかな。下戸なのに。煙草もすぐなくなるな。ずっとやめてたのに。吐きだされた煙はため息と同じ長さ、ってタイトルの小説があったっけ……。[*1] ため息を深く深く深く深く深く……ついてそのまま永眠したい、って歌もあったよな。いい歌だな……俺の歌か。

〼

はじめまして。教祖マスノの秘書るみこと申します。教祖は右のような文章を残し、眠ってしまわれました。仕方なく教祖にかわってわたくしがワープロの前にすわっております。ああ、どうしたらいいのかしら。キューコミ編集部のKさんから催促の電話が何度もありました。しめきりはとうに過ぎていて、今夜じゅうに原稿を入れないとマスノ短歌教のページは真っ白になってしまうそうです。

いったい教祖に何が起こったのでしょう？　昨晩いそいそとお一人で外出なさって、今朝お戻りになったときには泥酔されていました。何をきいても空返事ばかり。るみこは悲しゅうございます。こんな教祖、見たくなかった。全国三万人の信者たちもきっと泣いてますの。

……ああ、わたくしまで泣いてしまったら、マスノ短歌教は本当におしまいになってしまいますわ。るみこはこれくらいでは負けません。だってマスノ短歌教はやっとここまで進歩してきたんですもの。教団本拠地も先月までは小平だったのが小金井に移転して、ふた駅も都心に近くなったんですもの。そしてなにより、マスノ短歌教にとって非常に喜ばしいニュースが届いたばかりなんですもの！

皆様、驚いてください。教祖が企画委員をつとめる第二回フーコー短歌賞（選考委員は林あまり様と藤原龍一郎様）の選考会が先日ひらかれ、そのとき教祖は司会を担当なさって、わたくしもおそばで見学しておりました。すると林様と藤原様が揃って大賞（グランプリ）に推されたのは、なんと先月このページでお名前が紹介された向井ちはる様だったのでございます。教祖と原宿で偶然会い、『ますの。』を教祖の手から買った幸運な彼女が賞金二十万円を手にし、短歌集を出版することになるとは!! 向井ちはる『OVER DRIVE』*2。百五十首以上の歌で構成されているのですけれども、ものすごいスピード感のある作風で、最初から最後まで、一気に読ませるのでございます。選考会では絶賛の嵐でした。

ただ、「まとめて読むと面白いが、ひとつの歌だけを取り出すとインパクトが薄まる。この人の歌は暗記できない」といったご意見もございました。なるほど。それゆえ一度に三首しか投稿がゆるされないマスノ短歌教の修行においては、掲載まであと一歩の惜しい信者だったのでしょうか。

そして! さらに驚くことに、準グランプリに相当する「特別賞」に選ばれたのもマスノ短歌教信者だったのでございます。お馴染みの特待信者、柳澤真実様。『君と小指でフォークダンスを』と題された受賞作も、やはり単行本化される予定です*3。

□

このお二人の受賞を、あんなに喜んでいた教祖に、いったい何が……秘書のわたくしには、教祖の復活を待つことしかできません。どうぞ信者の皆様、るみこと共に教祖のために祈ってください、ちんちん&まんまん!!

「キューティ・コミック」一九九九年八月号（六月発行）

＊1　『吐きだされた煙はため息と同じ長さ』……正本ノンのデビュー作。集英社文庫コバルトシリーズ。もう入手困難。

＊2　本書「作品集」の章で冒頭二十首を紹介しました。（キューコミ連載時は、向井さん柳澤さんの作品を一挙紹介し、ページの穴うめをした）

＊3　本書「作品集」の章でベストセレクションを紹介しました。柳澤真実の短歌集は今現在も企画中とのこと。あせらず、じっくりと、いい本をつくってほしいと願っています。

十六、同じ内容の歌を五通りの言いまわしで考えて、その中で一番しっくりくる歌を選ぶようにしてください。

マスノ短歌教の信者の皆さん、教祖の秘書るみこです。あれから教祖は失踪してしまいました。教団本拠地に教祖からの手紙が届いておりますので、今月はそれを掲載しますの。

〼

前略。夏だというのに僕のたましいには氷雨がふりしきる。「僕」なんていう甘えた一人称をつかうことをゆるしてほしい。もう僕は教祖失格なんだ。信者の皆さんにはすまないと思っている。フーコー短歌賞の大賞をとった向井ちはるさん、特別賞をとった柳澤真実さん、遅ればせながらおめでとう。向井さん、今まで「掲載まであと一歩」などという不遇な扱いをしていた愚かな僕を笑ってください。

秘書のるみこも言ってたけど、まとめて一気に読まないと魅力がわからない短歌っていうのもある。百五十首を並べて読むと、たしかに向井さんの作品はぬきん出てインパクトがありました。向井ちはるさん、あなたをマスノ短歌教の「名誉信者」に認定させてください。いつまでたっても短歌を送ってくれない南Q太先生に続く、史上二人目の名誉信者だ（あんまり嬉しくないよね？）。もちろん「特待信者」に認定してもいいのですが、向井さんも柳澤さんも、もはやマスノ短歌教の信者というレベルを超えてると思う。いや、僕のほうが君たちに学びたいくらいなんだ。

だから、今まで「掲載まであと一歩」に選ばれてきた信者も、あきらめないで他の雑誌の短歌コーナーに投稿してみたり、短歌新人賞に応募してみたりしたほうがいい。やっぱり歌を選ぶ人との相性っていうのもあるから。

そういえば常連の天野慶さんが先々月くらいに、角川書店の「短歌」という専門誌の投稿欄で特選（一等賞）に選ばれていた。こちらもおめでとう。選者は香川ヒサさんという、僕もすごく好きな歌人だ。マスノ短歌教はレベル高いなあ。僕はもうすっかり自信をなくしちゃった。みんな僕より才能あるんじゃないか。この連載もいつまで続けられるものか僕自身わからな

い。いつか私も短歌を送りたい……なんて思ってた人は、「いつか」なんて言ってないで今すぐ送らなきゃ駄目だよ。

ところで僕も久々に新作短歌を発表した。「歌壇」（本阿弥書店）八月号に二十首載る予定。[*1] 大きな書店で見かけたら立ち読みしてくれてもいい。くれなくてもいい。どうせ僕なんか向井ちはるさんや柳澤真実さんにはかなわないし……。

あと、「TILL」（新風舎）という文芸投稿雑誌が、十三ページもつかって枡野浩一特集を組んでくれた（第四号）。僕に優しくしてくれる雑誌はみんなすぐ廃刊になったり、会社自体が潰れたりしてしまう。神様、「TILL」がなくなりませんように。[*2] そして「キューティ・コミック」も……。マスノ短歌教に、もしものことがあったら、「TILL」の中に林あまりさんが選者をつとめる素敵な短歌投稿ページがあるから、そこへ投稿してくれ。それから僕は最後の悪あがきとして、カルチャーセンターで短歌の講義をすることにした。興味と時間とお金のある人は、どうぞ。くわしいことは各自、それぞれの会社に問い合わせてほしい。

【朝日カルチャーセンター】『ますの短歌の生まれ方。』

【池袋コミュニティ・カレッジ】『短歌で、きれいになる。』

僕は今、北のほうにある古い山寺で滝に打たれる修行をしている。信者の皆さんのハガキは常に着物のたもとに入れて持ち歩いているが、先月も今月もわりと不調だった気がする。僕自身が不調だから、信者の作品も不調に見えるのかもしれないが。

松木秀、飯沼美紀、岡田さおり、みい、is。君たちの作品はそれなりに完成してるし面白かったが、あとひと味足りない。とくに岡田さん、過去に投稿した歌が混じっててもいいから、一度まとまった量の作品を送ってみて。みいさんの作品はかなりいいが、特待信者の西尾綾さんを連想させる作風で損している。isさんの作品はちょっと意味不明瞭な仕上がりで、そこが逆に魅力になっている。また挑戦してほしい。

そのほかに、ナオ、トマトファミリー、貴子、斉藤渉の作品が目にとまった。前の二人の作品は、部分的に魅力的なフレーズがあるのに、おざなりな表現が混じっていて残念。うしろの二人の作品は着眼点はいいのに、作品を仕上げるときに手間ひまをかけていない。同じ内容の歌を五通りの言いまわしで考えて、その中で一番しっくりくる歌を選んで送ること。

えらそうな言い方をしたが、もう先が長くない教祖の、最後の老婆心だと思ってくれ。

特待信者の西尾綾さんから新作が届いた。 ▱

① 補助輪を早くはずせとあのこにも隣のこにも言ってたんだね

② 散りたけりゃひとりで散れよ　その前におやゆび姫は放してやれよ

③ 昨夜より捜索中の消しゴムはちびたおのれを消したとのこと

（西尾綾）

……③はやや枡野浩一の短歌っぽい語尾だが、許容範囲か。②は〈おやゆび姫〉の唐突さが効いている。①は同じようなテーマを歌にする人は多いだろうが、〈補助輪〉を持ってきたことが西尾綾ならではの色となっている。みいさんは、この「色」を味わってみて。 ▱

そして同じく特待信者の脇川飛鳥さんから久々に、三十五首の新作が届いた。とくに成功してる歌をピックアップしたが、やはり驚くしかない天賦の表現センスだ。飛鳥さん独特の〈言いぐさ〉、癖になるし伝染しそう。

①　今自分が何をすればいいのかひとつだけ答えがあればやりやすいのに

②　自分のことを言われてるような気がしてつい本をハタッと閉じた気がする

③　私だけもりあがってるような気がしないでもないけど今日はやめない

④　相談にのってるふりして本当は納得いかせるのが快感で

⑤　痩せようとふるいたたせるわけでもなく微妙だから言うなポッチャリって

⑥　とりあえず言ってる言葉ってことばれてるよだって私もやるその言いぐさ

⑦　あんなこと言うから私の頭の中は君の非難で頭痛が痛い

⑧　飛び箱の試験でぶっつけ本番で飛べたのをなぜか忘れていない

⑨ しょーもないことで胸がいっぱいになってご飯がのどを通らなくなれ
⑩ あーやって実はこっちを見てますように夢か奇跡かなんかでいいから
⑪ 想像がふくらむという長所は現実何も変えることできなくて短所
⑫ いったいなんに反応してるか知らないが　あーなんだか意味ねー涙
⑬ そう月日も経ってない頃に自信に満ちあふれてた時があった気がする
⑭ みんなが人とちがう人間になりたがっててみんなが人と同じ人間

（脇川飛鳥）

……②〈気がする〉が口癖のようだが、傷には見えない。④〈快感で〉という語尾は安定感に欠けるが、内容の強さでカバー。⑦〈頭痛が痛い〉は昔CMで流行したマチガイ言葉だが、そんなことどうでもよくなる説得力。⑧なぜか心にひっかかる。⑨〈なれ〉と命令形で終わってるのが驚き。⑩〈あーやって実は〉、⑫〈あーなんだか意味ねー涙〉、⑬〈そう月日も経ってない頃に〉[*3]の言いまわし

が秀逸。

あー僕にもひとつの答えをください、神様。

るみこ、しばらく僕をさがさないで。草々。 ☐

「キューティ・コミック」一九九九年九月号（七月発行）

＊1　この作品の一部はエッセイと組み合わせて再構成し、「この頃の歌」と題して、エッセイ集『君の鳥は歌を歌える』に収録しました。

＊2　本書の編集作業中、「TーLL」は第八号をもって休刊。もともと同誌は一度なくなってから再創刊された雑誌なので、また復活してくれると信じていますの。

＊3　この〈そう月日も経ってない頃に〉という表現は、厳密に考えると、時間の流れが逆というか、ちょっぴり変な感じだ。でも、このねじれた表現が面白みにつながっていると思う。

十七、だんだん上達してくると、ベテラン歌手がタメて歌うみたいにリズムをハズしたくなるが、ださいのでやめましょう。

マスノ短歌教信者の皆さん、ただいま……。

教祖マスノは修行から戻ってまいりました。心配かけてごめん。秘書のるみこ、留守のあいだはすまなかった。まだ悟りをひらいてはいないけれど、もう一度やりなおしてみようと思っています。神様、力をお貸しください……。

今、マスノ短歌教を単行本にしたいと考えています。すでに声をかけてくれた出版社もあるんですけれど、もし「ぜひうちで出したい！」という出版社がありましたら、編集部までご一報ください。秋に二つのカルチャーセンター*1で短歌講座をひらくので、そのときの記録とあわせてまとめられるといいなと思います。

……そして単行本化が実現したら、この連載は終了ということになるかもしれません。そのへんのことは今後改めて考えてみますが、信者の皆さんのご意見もお待ちしております。

なにごとも長続きさせるというのは大変なことですね。たとえば愛がそうであるように。

今まさに苦しい愛のさなかにいるのではと感じさせる短歌が、漫画家のかわかみじゅんこさんから届きました。かわかみさん、『少女ケニヤ』（宝島社）、たいそう面白うございました。

背中いたいと言ってみる　ほんとうにいたいのは胸

（かわかみじゅんこ）

……という短歌なのですが、自由奔放な漫画と同じく、自由律の俳句（尾崎放哉の〈咳をしても一人〉）みたいな大胆な作風ですね。ありがとうございます。私も胸いたいです。

今度は五七五七七になった短歌にも挑戦してみてくださいね。かわかみさんの歌だ

と、

背中いたいと言ったらさすってくれるかな　でもほんとうにいたいのは胸

とかいうふうにしてもいいかもしれません。

もう何度も言ってきたことですが、短歌は五七五七七ぴったりにつくったほうがトクです。

「いつでも呼んで」と言うけれど塩酸の雨でも君は迎えにくるかい？

（青井このみ）

という常連の青井さんの歌も、後半のフレーズはいいので、前半のリズムを整えてみてください。リズムが悪いときは、まだ推敲が足りないのだと考えるべきです。短歌がだんだん上達してくると、ベテラン歌手が妙にタメて歌い

たがるのと同じで、リズムをわざとハズしたくなるものですが、そういうのは最近の俵万智みたいで、ださいのでやめましょう。[*2] 見習うならデビュー作『サラダ記念日』(河出文庫)のころの初々しい万智ちゃんの歌を。

青井さんのこの歌だったら、たとえばね、

かっこいいこと言うけれど塩酸の雨でも君は迎えにくるかい?

と書けば、〈「いつでも呼んで」〉なんていう具体的なセリフがなくても伝わるでしょ。

あー、おしえ方うまいなあ。腐っても教祖。

しかし塩酸の雨……。教祖だったら迎えにいきませんね。青井さんは相手にそんなことを求めるのかい? 求めすぎるといけないよ。ただでさえ愛は惜しみなく奪うものだからね。

「すきすき」はきらい　「うそうそ」ならほんと　2回言ったらさかさまの刑

（is）

という常連のisさんの歌は、ぴったり五七五七七にしたことでトクをしている例です。言ってる内容はそれほどユニークではない。ちょっとチャーミングという程度なんだけど、言葉の歯切れがよくて、読んでて楽しいです。isさんはとっても「ばかばか」な人ですね。

似たようなことが言えるのは、

好きですの過去形胸にぬいつけて知らんぷりぷりダンスを披露

（トマトファミリー）

というトマトファミリーさんの歌。あなたの歌は失敗作も多いけれど、いつもどこか心にひっかかるフレーズがあって個性的です。この歌は〈知らんぷりぷり〉の語呂がいい。そして〈好きですの過去形〉という言い方が、〈前例がないわけではないけれど〉比較的成功していると思います。この歌の前半がもし、〈好きでしたという過去形胸にぬいつけて〉だったとしたら、面白さは半減したでしょう。

かつて好きだった人とバッタリ出くわしたときの気まずい感じが、ばかばかしくもイキイキと描かれています。教祖も踊りたい……。⧄

教祖は今、心が弱っているのでしょうか。今月届いたハガキはいつもより数が少なかったし、質も高いほうではありませんでした。でも教祖の心には、しみじみとしみました。やっぱりマスノ短歌教は潮時[*3]なのかなあ。⧄

① **あまりにもやることが多すぎたから全部明日の自分に任せて、かわいく寝た。**

② ラブシーンがでるたびに笑うおじいちゃん、マシンガンでハチの巣にしてえ（マイケル・弱震）

初投稿のマイケル・弱震さん。あなたの作品は特待信者・脇川飛鳥さんの作風に影響されすぎです。でも最初なのでヨシとします。

①は〈全部明日の自分に任せて〉という表現が的確。そして〈かわいく寝た〉というのがずうずうしくてすばらしい。かわいく寝たのですね。ほっぺをつっつきたくなります。

あ、マイケル・弱震さん、これからは句読点はつかわないでね。ほとんど普通の文章そっくりに見せかけて、普通の文章よりもちょっぴり「空気の薄い緊張感」をかもしだすようにつくるのがマスノ式です[*4]。句読点をつかうと、単なる普通の文章になっちゃう。

②の後半は平凡です。もっと独創性のある処刑の方法を考えてみて。〈してえ〉という脇川飛鳥調の語尾も、あなたならではの言いまわしに変えてください。この歌のポイントは、なんと言っても〈ラブシーンがでるたびに笑うおじいちゃん〉の存在の

可笑しさです。おじいちゃんである点がよい。おにいちゃんではなまなましすぎて駄目です。トシをとると、ラブシーンも笑っちゃうようになるのね。教祖も早くその境地に達したいものじゃな。

さて。今月もっとも気になったのは、常連なのに今まで名前を挙げたことも（たしか）なかった男性信者、森水晶さんの作品でした。

① 泣きながら眠る耳元でタンポポの綿毛タンポポの綿毛と囁く

② 夕暮れは飼えない猫を空地に残し走って帰るようにせつない

③ 青い青い夏の夕暮れ　クラッカーを食べながら昔犬だった友達と話した

（森水晶）

……もっと七五調のリズムを活かしたほうがいいけれど、どれも変な魅力があります。①なぜ〈タンポポの綿毛タンポポの綿毛〉と囁く!?　②

「何々は何々のように何々」というパターンはよくあるのだが、これはベタなところが面白い。秀作。③昔犬だった友達って……。

〼

今月惜しかった信者は、天野慶、西尾綾、斉藤渉の三人のみ。とくに最初の二人はもう相当な実力を身につけているのだから、この程度の作品では掲載しません。初心者に甘く、常連に厳しくなるのは仕方のないことですね。なにごとも。たとえば愛がそうであるように。

「キューティ・コミック」一九九九年十月号（八月発行）

＊1　結局、カルチャーセンターでの講義は、本書には収録しませんでした。が、講義の中で話したこと考えたことは、本書の中にも溶け込んでいると思います。形を変えて。

＊2　エッセイ集『君の鳥は歌を歌える』の中で、最近の俵万智の字余り短歌を、枡野浩一が「添削指導」しました。ちなみに俵万智の短歌入門書『短歌をよむ』（岩波新書）は一読の価値あり。

＊3　しおどき、と読んでね。「十九」の＊1参照。（潮時は本来、いい意味の言葉だったようです）

＊4　ハレとケ、という言葉があります（知らない人は辞書を）。詩歌は「ハレ」であってほしいと

私も考えています。が、古文でつくられた短歌はあまりにハレすぎて、ほとんど現実逃避。だから枡野浩一の短歌は「現代の書き言葉」を基本にしています。少しだけハレ。ほんのちょっと背すじが伸びる感じ。それが私にとってのリアルです。

十八、なるべく助詞を省かず、短歌に見えないように、普通の文章みたいに仕上げるのがポイント。

マスノ短歌教信者の皆さん、どんな夏を過ごしましたか。

教祖は九月二十三日生まれ。毎年、夏が終わるたびに年をとるので、ちょっぴりおセンチな気持ちになりますの。今年の夏はいろいろなことがありました。ゆかたは一度も着られなかったけれど、好きな人と海に行ったりしましたよ。インタビューの仕事で広島へ出張したりもしました（その仕事の成果は「クイック・ジャパン」次号[*1]に！）。

もっともっとすごいこともあったんですが、信者の皆さんを驚かせてしまうから、また今度報告しますね。そうそう、教祖はこのあいだ引っ越したばかりなのに、また引っ越しました。マスノ短歌教の本拠地は小平→小金井と来て今は杉並。ああ神様、ついにこんなに都心に近いところに来ることができましたよ。秘書のるみこにもあれこれ心配をかけましたが、ちかごろの教祖は幸せ者です。幸せなときには、いい歌は生まれにくいものなんですけど、長い人生、こんな時期もありますよね。神様もきっとゆるしてくれると思いますの。

仕事のほうも、とっても、はりきってますの。十月二十一日には、初エッセイ集『君の鳥は歌を歌える』（マガジンハウス）が発売になります。短歌集としても楽しめる内容です。ぜひ手にとってみてください。それから十二月八日には、エッセイ集と同じ題名のCDも出ます。これは教祖が全九曲の作詞を担当する企画アルバムで、プロデューサーはMISIAや深田恭子のヒット曲の作詞を手がけた黒須チヒロさん。TOMOVSKYさん、ザ・ピロウズの山中さわおさん、橘いずみさん他、教祖の大好きなミュージシャンがゲスト参加してくれますの。教祖本人もびっくりの豪華さ。

教祖はこれからどうなっていくんでしょう。そしてマスノ短歌教の未来はどうなるのかな。九月二十三日で三十一歳になる教祖ですが、最近やっと人生の楽しさがわかってきました[*2]。

この原稿を書いているのは九月の中旬なのですけれど、まだまだ残暑って感じです。今回印象に残った歌は夏を題材にしたものが多かったので、いってしまった夏を懐かしむ気持ちで信者たちの歌を味わっていきましょう。いってしまった夏といっても、えっちな意味じゃないよ。ふふふふふ……おやじ臭い？　教祖もおやじが似合う年ごろになりました。おやじといってもパパという意味じゃないよ。とはいえパパになるのもいいなあと思いますの。

⧄

秋らしい前置きはこのぐらいにして、修行に入ります。今回は初掲載の信者が多いです。

気持ちの夏がまだ来ない　夢の球宴も三戦目だというのに

（もりのさかな）

……この歌は前半のフレーズがいいですね。夏が来ない、という言葉で夏を感じさせて。ただ後半の〈夢の球宴〉はいかがなものかな。もっと普通の、身近な言いまわしでは駄目ですか。あと、決めのフレーズは後半に持ってきたほうがより効果的でしょう。たとえば、

甲子園球場はもう三戦目　気持ちの夏がまだ来ていない

とすれば、きちんとした七五調になります。〈夢の球宴〉というのには、もっと別の意味を込めたかったのかもしれない。[*3] また推敲を重ねて、うまく仕上がったら送ってください。

⧄

幾晩もあてにならないものを待ち十九の夏は過ぎていくのかも　**（なお）**

……なるほどー。この歌はこのままで、なかなかよくできています。最後がちょっと字余りですけど、でもこれを〈過ぎていくのか〉とかにすると、つまんなくなっちゃうよね。

若いときの夏なんて、みんな〈あてにならないものを待ち〉つづけてるだけだよなあ。やっぱ、楽しいのはおやじになってから。信者の皆さんも、早くおやじになりなよ。え、女だから無理？　ははは、冗談、冗談！

⧄

ブラウスのジュースこぼしたしみまでは見られずに夏すれちがうだけ

（山崎こども）

……これは、短歌らしい短歌ですね。どこが短歌らしいのかというと、助詞（「～は」「～が」など）を省いてるところ。この歌、もし助詞を全然省かずにつくったとしたら、

ブラウスのジュースをこぼしたしみまでは見られずに今すれちがう夏

といった感じになるはず。マスノ式短歌はなるべく助詞を省かず、ほとんど普通の文章そっくりに仕上げるのが特徴なんですけど、この場合は山崎さんの原作のほうがいいです。すれちがう二人のちぐはぐさが、〈夏すれちがうだけ〉という表現にうま

く出ています。
欲を言えば、ジュースの種類まで歌って、

ブラウスのメロンソーダのしみまでは見られずに夏すれちがうだけ

とか、

ブラウスのトマトジュースのしみまでは見られずに夏すれちがうだけ

とかにすると、またちがったイメージが伝わります。ちょっと、あざといかしらん？

殺し文句は言葉じゃなくてキウイフルーツの読点かぞえてる

（青井このみ）

……キウイは夏の果物ではないのかな。南国のイメージがあるけど。常連・青井このみさんのこの歌は、破調（五七五七七になっていない）だし、作者の主張がストレートに伝わってくるというタイプの作風でもない。〈キウイフルーツの読点〉という言いまわしには美しい詩的飛躍があります。詩的飛躍（意味の断絶）をむしろ排除しようとしているマスノ短歌教[*4]には、珍しいタイプの投稿ですね。しかし以前ここでも紹介した、もりまりこさんの短歌集『ゼロ・ゼロ・ゼロ』（第一回フーコー短歌賞大賞受賞作／星雲社）と読みくらべてしまうと、やっぱり徹底してるぶんだけ向こうのほうが強いのです。もし未読だったら、読んでみてください。勉強になると思います。

⧄

というわけで、次からは秋冬の歌も送ってください。もちろん、これからも夏の歌ができたら、季節を気にせずに送っていいですよ。

最後に、今月惜しかった信者へ一言ずつ。

松木秀さん。教祖は言葉遊びが得意なので、言葉遊びを活かした歌には厳しいですよ。あなたの歌は、ひとつのアイデアだけで一首を押しきろうとしていて、最後のツメが甘い。言葉をひとつも外すことができないくらい、全部を頑丈につくるように心がけてください。[*5]

それから以前ここで「一度まとまった量の作品を送ってみて」とお願いした岡田さおりさんから、手紙とたくさんの歌が届きました。……際立った個性はまだ見えない、というのが正直なところです。このくらいセンスのいい、気のきいた歌をつくる女性って、意外と多いんです。あなたにしかつくれない歌をつくるためには、ほかの人のつくった歌をたくさんたくさん読みこむといいかもしれません。

あ、大切なお知らせを忘れるところでした。

〈マスノ短歌教で、紹介された第二回フーコー短歌賞で、大賞、特別賞を受賞した向井ちはるさん、柳澤真実さん、それぞれの短歌集の発売について詳しく教えて下さい。宜しくお願いします。〉（BY．パンク・ロック♡）

という問い合わせが教団に殺到してます。この件については、新風舎の文芸誌「TILL」第四号（枡野浩一特集号）を本屋さんで注文して買うと、書いてありますの。[*6]

修行は以上。誕生日プレゼント、まだ受けつけ中。

「キューティ・コミック」一九九九年十一月号（九月発行）

＊1　「クイック・ジャパン」Vol．27〜28に、『うわさのベーコン』（太田出版）でデビューした新人作家・猫田道子のインタビュー&ルポを発表。同誌Vol．29では、猫田道子の短歌作品にコメントしています。バックナンバー入手可能。

＊2　単行本の編集作業中、三十二歳になりました。最近やっと人生の苦しさもわかってきました。

＊3　夢の球宴という野球用語を知らなかった私。ださい言葉だ。

＊4　「詩的飛躍」って、気負ってて、少し恥ずかしいものなんじゃないかと感じている。クールな都会人である枡野浩一は。

＊5　松木秀さんは、この枡野浩一のアドバイスを聞いて、その後は川柳の世界で活動しているとの噂。（さらにその後、松木秀さんは現代歌人協会賞を受賞するほどの歌人に）

＊6　くどいが、買って！

十九、ひとりよがりのセックスもあるし、まわりの人を楽しませるオナニーもあります。

マスノ短歌教の信者の皆さん、久々の登場になります、教祖の秘書るみこです。

またもや教祖は失踪してしまいました。

教団本拠地に教祖からの手紙が届いておりますので、今月はそれを掲載しますの。

⧄

前略。

突然また旅に出てしまった教祖をゆるしてほしい。

そして、いつになく改行が多く、余白の目立つ文章のことも。

マスノ短歌教の連載が、今回を含めて三回で終了することになった。

教祖としても、たしかにこのスタイルでの連載は、そろそろ潮時じゃないかと思ってはいたのだけれど……。[*1]

でも本当は、「やめたい」と教祖が言えば、みんなが引きとめてくれるんじゃないかと、どっかで期待してた。

教祖、やめないで!!

教祖がやめたら、私たちはもう……。

そんなハガキが編集部に殺到し、それを読んだ編集部の人がマスノ短歌教の人気を再認識し、原稿料もアップしてくれる……。

そんな夢をみていた教祖のことを、どうか笑ってやってくれ。

〼

だが現実はそうじゃなかった。

教祖の誕生日プレゼントも、まったく届かなかったし……。

まあ、それはがまんするとしよう。

残念だったのは、信者の作品の完成度やテンションが、目に見えて落ちてきてしまったことだ。

今月届いたハガキの中にも、そこそこ面白い作品があったことはあったけれど、それらはみんな常連信者の作品だった。

これを載せないことには教祖のたましいが腐ると思わせるほどの作品は、ひとつもなかったと言っていい。

⧄

それはもちろん、教祖が悪いんだろう。

勝手に恋をして勝手に失恋したり、勝手に失踪したり勝手に立ちなおったりした、教祖が一番悪いんだと思う。

そしていつのまにか結婚してしまったり、来春には二児のパパになったりしてしまう予定の、教祖がなにもかもいけないんだとわかってる。

教祖たるもの、一個人としての幸せより、信者一人一人の幸せを第一に考えなくてはいけないというのに……。

本当に、心から、すまないと思っているよ。

るみこ、期待させるようなふるまいをして、悪かった。

そんなにも教祖のことを一個の男としても愛してくれているなんて、君のクールな態度からはわからなかったんだ。

ごめん。

教祖失格だ。

前に一度失格してるから、もっともっと失格だね。

教祖もっともっともっと失格失格失格失格だ[*2]!!

⧄

とにかく、マスノ短歌教はあと二回で終わります。

やっぱり潮時だったのかもしれないな……。

そう書くことで教祖は今、自分自身にその現実をわからせようとしています。

たしかに朝日カルチャーセンターや池袋コミュニティ・カレッジで、ぜひ短歌の講座をひらいてくださいと頼まれるようになった最近の教祖に、かつてのようなハングリー精神を見るのは難しいだろう。

マガジンハウスから出るエッセイ集と、東芝ＥＭＩから出るＣＤの制作作業に追われ、日々のしめきりをひとつひとつこなしていくのが精一杯の教祖に、教祖を名のる資格なんてないんだろう。

だけど言わせてほしい。

教祖はマスノ短歌教を信じています。

たとえ「キューティ・コミック」での連載が終わってしまっても、マスノ短歌教の精神は信者ひとりひとりの中で生きつづけるはずです。

きれいごとに聞こえるだろうか。

でも、たとえマスノ短歌教が解体してしまって、信者がただの一人もいなくなったとしても、教祖だけは枡野浩一の短歌を信じていますの。

十年前、教祖が短歌を始めたときは、実際そうだったんだから。

あのころ、教祖の短歌を信じているのは、教祖ただ一人だったんだ。

⧄

マスノ短歌教は、第一回の修行でも告白しているように、教祖のオナニーのようなものでした。

けれども、ひとりよがりのセックスもあるように、まわりの人を楽しませるオナニーもあるはずだと信じて、毎回それなりにポーズをとってきたつもりです。

その試行錯誤が、すべて無駄だったとは思わない。

フーコー短歌賞の受賞者を二人も輩出したというだけで、もう予想以上の成果だったと思う。

教祖自身も、ここでの修行によって、少しは成長したと思いたいです。信者の皆さんも、マスノ短歌教の信者であったということを、時々でいいから思いだしてください。

□

……びっくりです。

こんなことって、あるんでしょうか。

たった今、教祖のケータイに、秘書のるみこから、思いもよらないグッド・ニュースが届きました。

マスノ短歌教の連載を、単行本化したいという出版社があらわれたのです。

しかもその出版社は、教祖の昔からのあこがれの出版社です。

まだ具体名を挙げるのは控えるけれども、すでに企画会議は通っているとのこと。*3

ああ神様。

捨てる神あれば拾う神ありとは、このことを言うんですね。

いいえ、「キューティ・コミック」がマスノ短歌教を捨てたなんてちっとも思っていません、むしろ感謝の気持ちでいっぱいです。

マスノ短歌教が、きょうまで曲がりなりにも盛り上がってきたのは、やはり短歌なんか読んだことも詠もうと思ったこともないような、キューティ少女やキューティ少年が参加してくれたおかげだと思うのです。

ありがとう、宝島社。

ありがとう、シュークリーム。[*4]

ありがとう、信者の皆さん。

ありがとう、るみこ。

ありがとう、南Q太さん。

〼

また来月になったら、笑顔で皆さんの前に出られると思います。

なにごともなかったように、あと二回の修行をして、そしてなにごともなかったように、じゃあまた、と言って別れましょう。

教祖は小学生のころ、いつだって転校生でした。

だから、こういうことって、すごく慣れてるんです。

じゃあ、また来月。

「キューティ・コミック」一九九九年十二月号（十月発行）

＊1　このマスノ短歌教は月刊誌での連載だったので、「今月初めて雑誌を見て、初めて投稿してみた人」というのが毎月たくさんいて、結局いつも同じアドバイスをくり返さなくてはならず、つらかった。常連は常連で顔ぶれが固まって、どんどん作品のレベルが上がってしまうし。

＊2　一度絶交した人に、「もっと絶交だ！」と言うのが、私の中で一時流行した。

＊3　それが、本書です。

＊4　二〇〇〇年五月号までの「キューティ・コミック」を編集していた会社。

二十、自分の顔に似合わない短歌は、つくらないようにしましょう。

マスノ短歌教の信者の皆さん、初のエッセイ集『君の鳥は歌を歌える』（マガジンハウス）を買ってくれてありがとう!!

教祖は今、プロモーションのために忙しい毎日を過ごしています。NHKのBS・2で十二月二十三日の天皇誕生日、夜十一時十五分から一時間にわたって放映される『詩のボクシング2』という番組は、教祖が主役なので必見です（教祖は、九月二十三日に行われた「詩のボクシング」トーナメント戦で短歌を朗読し、見事チャンピオンになったのです）。「週刊SPA!」*1「週刊ポスト」などでも大々的に取材されたし、紀伊國屋書店の新宿南口店では枡野浩一コーナーがどーんと設置されています。教祖、ついに大ブレイクか!?*2

ああ、神様。とうとうマスノ短歌教はこんなところまで来ることができましたよ……。

⧄

前回も報告したように、マスノ短歌教は今回を含めて、あと二回で連載完了とします。

が、マスノ短歌教は不滅です!!　連載が終わったあとも引き続き「キューティ・コミック」編集部で短歌を募集していきますので、信者の皆さん、修行はやめないでください。

なぜかというと、マスノ短歌教の連載が、教祖のあこがれの出版社・筑摩書房で単行本化されることに決定したからです。わあ、おめでとう、教祖!!　その単行本の中に、信者の優れた歌を紹介するコーナーを設けます。これまでに届いたハガキはもちろん、これから届くハガキにもじっくり目を通しますの。

皆さん、はりきって応募してくださいね[*3]。本の印税は教祖の独り占めになるかもしれないけど、その点は約束どおり、が・ま・ん♡

⧄

教祖は今、池袋コミュニティ・カレッジというカルチャーセンターでも布教活動をしています。そこでの修行は「キューティ・コミック」での修行と基本的にはおんなじですから、連載を全部読んできた信者は、池袋まで講義を聴きに行かなくても、まあ大丈夫です。

が、池袋で講義をしているうちに、今までの連載ではきちんと触れる機会のなかった大切な話が、まだいくつか残っていることに気づいてしまいました。今月は、そのへんのことを、まとめて話してしまおうと思います。ちょっと難しい話もしますが、がんばって読んでください。今すぐにはわからなくても、いつかきっとわかる日が来ることを信じて。

〼

自分の顔に似合わない短歌は、つくらないようにしましょう。

あなたのルックスは、どんなふうですか？　二枚目であろうと、その正反対であろうと、それは全然かまいません。とにかく、短歌をつくるとき、時には鏡と相談してみること。

短歌にかぎらず文章というものは、とかく書き手本人よりも二枚目になりがちなんです。作品さえよければ、作者の顔なんてどうだっていいというのは、嘘だと思います。たとえば中原中也が槇原敬之みたいな顔だったら絶対まちがってるでしょう? 槇原敬之の顔は絶対まちがってる! と言いたいわけではありません。槇原敬之の顔には、槇原敬之に似合う作品があるはずなのです。

そのことをいつもけっして忘れないで! 教祖だって、「本人より作品のほうがかっこいいですね」と、面と向かってよく言われます。自戒していても、やっぱり二枚目になってしまうものなんです、作品というのは。だから、せめて「顔に似合わないようなかっこいい作品をつくっても、その作品には説得力がないんだ」ということを、短歌をつくるとき常に気にするようにしていてください。

顔、というのは単なるルックスのことじゃなくて、その人の生き方まで全部ひっくるめた「器(うつわ)」みたいなもののことを指しているのだと、念のため書いておきますね。

☑

魅力的な短歌は、魅力的な作者からしか生まれません。

そうなんです。これは、さっき言ったことを別の角度から言ってるだけなんですけど……。つまり、つまらない人間には、つまらない作品しかつくれない、ということ。結局、短歌に限らず文章表現の面白さっていうのは、それを書いた人間の面白さなんですね。ある短歌を好きだと思うのは、その短歌をつくった人の「物の見方や感じ方」が好きだからなんです。教祖の短歌がこんなに面白いのは、教祖が面白い人間だからです。

もちろん、「私は教祖の短歌は好きだけど、教祖の実物には興味がない」という人がいてもおかしくはありません。でもね、「教祖を男性として好きか」という問題と、「教祖のような物の見方や感じ方が好きか」という問題を、ごっちゃにしてはいけませんよ。教祖の短歌のことをめちゃめちゃ好きという人は、教祖自身のことも基本的には好きなはずです。

で、その正反対のことも当然言えますよね。「教祖のような物の見方や感じ方」が嫌いという人も、世の中にはたくさんいます。その人たちは、教祖の短歌のことも、教祖自身のことも嫌いでしょう。[*4] それは、仕方のないことなんです。すべての人に好かれようと思ってつくった短歌は、だれにも好かれません。

大嫌いな人にも届く言葉で短歌をつくらなくては意味がありません。

短歌に限らず文章は、お互いに意見の合う人にだけ読んでもらえばいいというものではありません。むしろ、自分とは相いれない、大嫌いな人にこそ読んでもらうべきなんです。

なぜなら、表現活動というものはすべて、「私はこんな人間です」と、自分の価値観を他人に向かって主張していく行為だからです。[*5]

大嫌いな人に向かって、「私はあなたのことが大嫌いです」という意見を伝えるのは、とても難しいことです。うまい言い方で伝えないと、相手の心を傷つけることもできませんからね。一見、相手のことをほめているように見せかけて、じつは皮肉を言ってしまうとか、さまざまな工夫をする必要があります。

たとえば教祖は、野茂投手のことは嫌いではありませんが、野茂投手の活躍を遠くから見ているだけのくせして、まるで自分が野茂であるかのように得意になってしまう人々のことが大嫌いです。そんな人々はいつだって、運動オンチの教祖にとっては敵。憎いあいつらはおうおうにして、世の中には野球が嫌いな人間も存在するのだという事実を忘れがちです。そして、野球中継のためなら、ダウンタウンの番組を勝手にボツにしてもいいだろうなんて、ひどいことを平気で考えたりするんです。いやですね。そんな馬鹿どもの傲慢さを、どうにか本人たちに気づかせてやりたいと教祖は考えました。ずっと何年も考えつづけて、それでやっと完成したのが、こんな歌です。

野茂がもし世界のNOMOになろうとも君や私の手柄ではない

（枡野浩一）

……この話の続きは、次号、最終回で。

「キューティ・コミック」二〇〇〇年一月号（一九九九年十一月発行）

＊1　一九九九年十二月八日号。カラー四ページにわたる人物インタビュー「エッジな人々」。撮影

＝石田昌隆、取材・文＝南信長。〈短歌の人って、短歌しか眼中にないんですよ。〉など正しい発言続出！

＊2　本を出すたびに、これでついに大ブレイクか!?　と、思う。

＊3　結局、枡野浩一のホームページ経由で応募してくれた人の中に、面白い書き手が多かったのです。本書「作品集」の章を参照してください。

＊4　枡野浩一の顔も文章も大嫌いなのに、短歌だけはついつい読んでしまう……という人の日記を、インターネット上で読んだことがあります。ああ、そんなふうに愛されて、幸せ♡

＊5　考え方や趣味が近い人間たちに囲まれていると、表現力がものすごく不足していても「ああ、それってわかるよ！」という共感が生じてしまうので要注意。そんな「うなずき合い」をしたいだけなら、わざわざ短歌なんかつくる必要なし！

二十一、「面白いことを書く」から面白いのではない、「面白く書く」から面白いのです。

マスノ短歌教の信者の皆さん、まちがえてますか？

教祖は久々に、でっかくまちがえちゃいました。

このあいだから池袋コミュニティ・カレッジというところで短歌の布教活動をしてるんですが、先日は講義の日についうっかり、新宿にある朝日カルチャーセンターの会場へ行ってしまい、結果的に池袋へ行くのが三十分も遅れてしまったのです……。

その少し前に朝日カルチャーセンターでも講義をしたんで、なんか、頭の中が混線してたみたい。受講生の皆さんもあきれたでしょうが、教祖本人はもっとびっくりしました。遅刻の言いわけとしても出来が悪すぎるけど、ああ、事実だからこわい。

そしたら、受講生から、こんな短歌が送られてきました。

遅刻して何を言っても言い訳に聞こえてしまうツルツル頭
どうせならもっと上手にだましてよ　そんなハンパな嘘じゃなくって

（中村圭佑）

……ほんとうにごめんなさい。でも嘘じゃないんだってば！　ランドセルを忘れて小学校に行ったことのある教祖には、ありがちなカンチガイなんです。西武新宿駅からJR新宿駅までたどりつくのに丸一時間かかったという経験のない、髪の毛のある人には、わかってもらえないのですね。[*1]

もういいです。教祖が悪うございました。ツルツル頭でごめん。生まれてごめん。涙をふいて修行に入ります。先月からの続きで、重要ポイントを話します。

⧄

「面白いことを書く」から面白いのではない、
「面白く書く」から面白いのです。

これ、重要です。今まで修行してきたことの、総まとめと言ってもいいかもしれないくらい、最重要。

皆さんは誤解してるんです。たとえば、池袋コミュニティ・カレッジに講義に行くつもりで朝日カルチャーセンターに着いてしまった、駄目な男が実在するとします。で、その馬鹿な失敗はまあ「面白いこと」かもしれないが、それを書いたからといって面白い短歌にはなりません。

さっき冒頭で紹介した歌は、たしかに池袋コミュニティ・カレッジの受講生たちに読ませたら、ある程度はウケるでしょう。でも、それは短歌が作品としてウケているのではない。現実の出来事を共有している仲間たちが、内輪ウケしてるにすぎないのです。*2

もちろん、内輪ウケからスタートしてもいいでしょう。でも、内輪ウケであることを自覚してないと、仲間以外の人に届く表現はできません。短歌は文字数が少ないので、複雑なシチュエーションを説明する必要がある特殊な出来事を、「ほら、こんな面白いことがあったよ」と伝える道具としては役立ちにくいのです。

むしろ、だれもが普通の生活の中で味わっているありきたりの感覚を、だれも言ったことがないくらい的確に、「面白く」切り取ってみせる……そういう道具としては役立ちます。

いや、短歌に限りません。「面白いこと」をありのままに伝えれば受け手は面白がるだろう、というのは、とてもおめでたい幻想です。つまらないことを「面白く」表現することのできる人が表現者なんです。くどいようですが、ほんとにカンチガイしやすいことなんで、キモに銘じて。

〼

自分はどんな位置に立ち、どこへ向かって語りかけるか？
それを決めた時点で、表現は半分以上完成します。

ああ、またレベルの高い話です。こんなに次々と、重要な話ばかりしてしまって大丈夫ですか、皆さん。

あのね、さっきの内輪ウケの短歌の作者は、まず「教祖様のウケをとろう」と考えたような気がします。そして次に「池袋コミュニティ・カレッジの受講生のウケもとれるだろう」と考えたかもしれない。だけど、教祖のことも池袋コミュニティ・カレッジのことも知らない、北海道在住の高校生・千恵ちゃんにウケよう、という意識は絶対なかったはずです。

そのことを常に意識してください。

あなたの短歌は、だれに向かって言葉を届けようとしていますか？　その「だれか」と、あなたの立っている位置は、どれくらい離れていますか？　……だれに言葉を届けたいかによって、文章の書き方はおのずと決まってくるのです。たとえば教祖は今、「キューティ・コミック」の読者に言葉を届かせたいと思ってワープロを叩いています。それも、キューコミ読者の中でも限られた、マスノ短歌教の信者にだけは最低限、言葉が届かなくてはいけないと考えながら。[*3]

で、教祖の立っている位置は、マスノ短歌教という宗教を流行させたいと願っているツルツル頭の教祖様、という位置です。教祖は短歌を十年以上続けてきたし、とても才能があるし、文章がうまくて、頭も顔もいい。

だから当然、教祖と信者のあいだには、深くて暗い川があります。その川に、「です・ます調」の丁寧な言葉で橋をかけようとする試みが、ここでの今までの修行だったのです。

〼

○○という言葉は、私以外の人にも通じるのか？
○○という言葉を、私以外の人はどういうふうに定義しているのか？
それを常に疑いつづけないと、他人に届く文章は書けません。

最後に、先日「週刊ポスト」誌に取材されたときのことを話して、終わりにします。同誌の記者は驚くほど優秀で、教祖の言いたいことをじつに的確に記事にしてくれました。その記事の中に、教祖の妻になる人の名前が、こう書かれていたのです。*4

南Q太（女性！）

……ショックでした。南Q太が女性であるなんてこと、キューコミ読者にとっては常識でしょうけど、週刊ポスト読者にはカッコの中でいちいち説明する必要がある「珍しいこと」だったのです。

修行は以上。じゃあ、またね！

「キューティ・コミック」二〇〇〇年二月号（一九九九年十二月発行）

＊1　その後、中村圭佑さんは枡野浩一のホームページの常連に。

＊2　短歌の世界には、内輪ウケだけの短歌、たくさんあります。無論どんな「内輪」にも属していない人間など存在しない。マスノ短歌教の短歌も内輪ウケになってしまう危険性をはらんでいます。そのことを常に自戒していくしかないのです。

＊3　今、この連載を単行本にまとめながら私が気にしていることは、「キューティ・コミック」に連載していたときの空気感を、できるかぎり忠実に再現したい……ということです。

＊4　「週刊ポスト」一九九九年十一月二十六日号の三ページにわたる本紹介インタビュー記事。記者は橋本紀子さん。

二十二、こんな短歌なら私にもつくれる……と思ったら、思うだけでなく実際つくってみてください。

前略、マスノ短歌教の信者の皆さん。お元気ですか？

私は元気です。私のこと、おぼえてますか。教祖です。教祖マスノこと世界一の歌人、枡野浩一です。

ごぶさたしておりました。ほんとに、おぼえてくれてますか。アサハラじゃないよ。

サイコーでもない。

MASS？ NO！[*1]

⧄

時の流れとは無情なもの。人と人とのつながりもまた、ああ、はかないものですね。

昨年末、「キューティ・コミック」誌上から突然消えたマスノ短歌教は、その後、インターネットのホームページなどで、ほそぼそと生きながらえてきました。

かつて信者だったという人から、電子メールが届くことがあります。〈昔はファンでした。さようなら。〉とか、〈私がマスノ短歌教に興味を失ったのは、教祖が私たち信者を見捨てて失踪してしまった時です。〉とか、読むだけでハートが凍りつくような文面です。〈えらそうに。何様のつもり?〉というのもありました。教祖様のつもりなんですけど。

教祖様だからって、私、何を言われても傷つかないわけじゃないの。*2 でも、教祖を傷つけることでしか愛情表現ができない、不器用な元信者たちよ、ゆるしてあげましょう。いつでも帰ってきてくださいね。教祖はいつでも、あのころと同じツルツル頭のまま、待ってますの。

□

久々の登場だというのに、ちょっと淋しい文章になってしまいました。だけど教祖は今、毎日幸せに過ごしています。

そういえば先日、こんなメールも届きました。〈マスノ教祖が南Q太さんと結婚したって、ほんとうだったんですか!? 私はてっきり教祖の冗談だとばかり……。〉

そうですね。教祖自身、冗談みたいだと思っています。でも現実だったんです。神様、ありがとう……。

教祖は南Q太さんと結婚しました。

教祖は南Q太さんと結婚しました。

教祖は南Q太さんと結婚しました。

……現実であるということを嚙みしめるため、詩的なリフレインで強調してみました。

というわけで、南Q太さんはしばらく産休します。そう遠くない時期に復活を予定しているということなので、忘れないでやってくださいね。[*3]まあ教祖のことを忘れる人はたくさんいても、南Q太さんのことはだれも忘れないかもしれません。そんなこと君に言われなくてもわかってるさ。わかってるとも。黙ってくれ。

ちなみに南Q太さんは以前、別の人と結婚していたので、二度目の結婚です。そして教祖は少し前まで独身でしたが、あっというまに二児の父になりました。人生、何が起こるかわからないものですね。そのへんのことは近々、「婦人公論」[*4]という雑誌に、エッセイの形で書く予定です。よかったら読んでみてください。

教祖はあまりに幸せなので、最近はあまり短歌をつくっていません。人にもよると思うのですが、教祖の場合、ボロボロになったハートをどうにか修復しようとするパワーが、歌を産んでいたようなのです。〼

だけど、せっかく久しぶりなので、教祖の未発表作をここで紹介します。まだまだ未完成で下手くそだけど、堂々と見せます。なーんだ、こんなのだったら私にだってつくれる……と、思ってくれたら成功。思うだけじゃなくて、実際つくってみてね。

まずは、アニメ「アンパンマン」のテーマソングを知ってる人にはわかってもらえる、知らない人には全然わかってもらえない短歌を一首。

飛べ！　愛と勇気だけしか友達がいないアンパンマンの孤独よ

（枡野浩一）

……アンパンマン、娘といっしょによく見るんだけど、すごいねえ。原作者のやなせ・たかしさんは『手のひらを太陽に』という歌の作詞もした人ですが、ほんと、とんでもない作品をつくる人です。アンパンマンを知らずに、いい短歌なんてつくれない。あんぱんまん。六文字の中にンが三個も入ってるのもすごすぎ。

ワレワレとあなたが言ったそのワレに私のことは含めないでね

（枡野浩一）

……これはコメント不要。関係ないが、かわかみじゅんこさんの『ワレワレハ』（宝島社）は面白いねえ。

ほめているあなたのほうがほめられている私よりえらいのかしら

（枡野浩一）

……これもコメント不要ね。

まあ、最近はこんな感じ。駄目[*5]？

⧄

まだ首のすわらない息子のおむつを替えたり、急に「おねえさん」になって戸惑い気味の娘を保育園につれていったりしながら、きょうも教祖は地道な布教活動に励んでいます。

キューコミで連載していたマスノ短歌教は、予告どおり、単行本にするための編集作業を進めてますの。信者の皆さんの短歌、あらためて募集します。これが最後のチャンスと思って、はりきって応募してくださいね。教祖もはりきって読みますよ。

単行本のタイトルは、まだ仮のものですが、『マスノ短歌教　～かんたん短歌の作り方～（仮）』（筑摩書房）といった感じになる予定です[*6]。

今までになかった、まったく新しい短歌の入門書になると思います。短歌に限らず、文章を書くこと全般に興味がある人なら、読んでみて損はしないはず。連載をずっと読んでいた人も、きょう初めてマスノ短歌教という言葉を知ったという人も、ぜひぜひ手にとってみてください。

表紙のイラストは、南Q太さん。やめろよ。て、照れるじゃないかあ。マスノ短歌教の名誉信者、おかざき真里さんや、かわかみじゅんこさんの短歌も、もちろん収録されます。じつはひそかに短歌をつくっているという小池田マヤさん[*7]も、照れたりせず、ハガキを送ってくださいね。

それでは、単行本でお目にかかりましょう。それまで、お元気で。さよならなんて、言わないよ。草々。〼

「キューティ・コミック」二〇〇〇年五月号（三月発行）

＊1　キューコミの連載では毎回、MASS?　NO!という言葉がロゴマークのようにレイアウトされていた。マスノ短歌教の連載完了後、久々に「特別編」として書いたのが、この「二十二」です。

＊2　この文章が雑誌に掲載された直後、枡野浩一ホームページの掲示板に訪れた一読者が、わざわざ「教祖様のことなんか忘れます。さよなら」とかなんとか書き込んで去っていった。

＊3　そして南Q太は現在たくさん仕事をしています。かわりに枡野浩一が家事をするため「産休」宣言。くわしくは枡野浩一のホームページで。（二〇一四年現在、言いたいことがありすぎて、ノーコメント）

＊4　「婦人公論」二〇〇〇年五月七日号に発表した日記。この日記は「メンズウォーカー」二〇〇〇年六月六日号で、〈今、男性で面白い文章を書く御三家はリリー・フランキー、松尾スズキ、そして枡野浩一だ。〉と絶賛されたが、その後「メンズウォーカー」は休刊に。

＊5　〈ワレワレ〉の歌は〈我々とあなたが言ったその「々」に私のことは含めないでね〉といった表記も考えられるが、マニアックなので却下。〈ほめている〜〉の歌はマスノ短歌教のテーマソングにふさわしい。（二〇一四年現在は「我々と」の表記のほうを自作として残しています）

＊6　『かんたん短歌の作り方（マスノ短歌教を信じますの？）』というタイトルになりました。（文庫化にあたってサブタイトルをなくしました。文庫版の表紙は後藤グミさん）

＊7　四コマ漫画界に革命をおこす小池田マヤさん（『漫画嫌い』参照）、短歌漫画を執筆してみては？　お待ちしてますの。

Q&A（歌人になる方法をおしえて）

Q マスノ教祖様、こんにちわ。マスノ短歌教が本になるというので、今から楽しみにしてますの。本の中で、どんな質問にも答えてくれるということなので、お手紙しますの。私もマスノ教祖みたいなかっこいい歌人になりたいですの。マスノさんはどうやって歌人になりましたの？ 教えてほしいの♡

（青森県／田中章義も好きなの♡／十六歳）

A

お答えしますの。歌人になるには国家試験に合格しなくてはなりませんの。筆記試験は難しく、万葉集から『チョコレート革命』まであらゆる短歌のことを知っていなければならないし、最終面接では常に七五調で話さないと失格です。最近では百人一首大会での優勝歴など、一芸に秀でた人を優遇するシステムもあります。私の場合は、友達が歌人になる試験をうけたいというので、つきあいでついていってあげたら、友達は落ちて私だけ受かってしまいました。

信じましたか？

ありがちな冗談はさておき、本当のことを話しますの。私の場合は、二十歳のころから短歌をつくり始めました。生まれて初めてつくった連作（短歌をたくさん並べてタイトルをつけたもの）を短歌雑誌の新人賞に応募したら、当選はしなかったものの最終選考会で話題になりました。まあスジがよかったのでしょう。だけど別の賞に応募しても、いつも最終選考会で話題になって落ちてしまう。しかも歌人の先生方の選評には、ちっとも納得できなかった。自分ではあまりいいと思えない歌ばかりがほめられるのです。「この人は巧すぎる。作者は若い人ではないと思う。これが本当に若い人のつくったものだったら脱帽する」みたいなことを言われて落選したこともあります。それでだんだん短歌に興味がなくなっていきました。もともと、さあ短歌をつくろうと思って始めたわけではなく、子供のころから替え歌をつくるのが好きで、その延長線上で短歌が生まれてしまっただけだったので、自分の短歌がほかの歌人の短歌とどうちがうのか、よくわかっていなかったのです。

それから何年かたちました。私は二十六歳で、雑誌のフリーライターで、精神的にひどくまいっていました。私の場合、たましいが危機にさらされているときに短歌が生まれるみたいです。能動的につくるというより、つくるまいとしても勝手にできてしまう、という感じ。二十歳のころは、「現役入学した大学をやめて予備校生になっている駄目な自分」という鬱屈の日々の中で短歌が生まれました。その後、大学進学をやめてフリーターになったり、会社員になったり失業したりフリーライターになったりして、以前よりもっと徹底的に追いつめられてしまったのです。そんな日々の中で生まれた短歌が、私の事実上のデビュー作となる連作『フリーライターをやめる50の方法』（短歌五十首）でした。

『フリーライターをやめる50の方法』は、角川短歌賞という新人賞に応募しました。二十歳のとき最初に応募して落選したのもこの賞。角川書店発行の「短歌」という雑誌が主催していて、俵万智がここからデビューしたというので知られていますね。

時間をかけて仕上げた作品を郵便局から出版社宛に送るとき、私はなんとなく自分の作品が惜しいところで一等賞にはなれないのではという予感がしました。かなりの自信作だったのですが、「私だけの徹底したルール」でつくった短歌は、既成の歌人には嫌われるかもしれないと思った。応募作の中の〈新人賞選考会の議事録の話し言葉の美しくなさ〉といった一首なんかは、選考委員の先生方にケンカを売っているようなものだったし。

結果は予想どおりでした。雑誌「短歌」一九九五年六月号に発表された選考会の議事録を読んだとき、私は声を出して笑ってしまいました。最も票を集め、最も話題になっていたのは私の作品。すべての選考委員がほめていて、どこがどういけないのかをきちんと主張する人がだれもいないのに、満場一致で落選が決まったのです。とても奇妙な選考会だと思いました。もちろん、最初に票を集めた作品が議論の末に落選するということはあってもいいと思いますが、その場合は、作品の問題点をもっと具体的に指摘するのが選考委員の役割というものです。私の自作への確信は正しかったのだと、胸がすく思いでした。

そのころ私はフリーライターとして、さまざまな雑誌で記事を書いていましたから、さっそく自分の連載コラムの中で、この出来事をさりげなく強引に紹介しました。また、いつもお世話になっていた「週刊ＳＰＡ！」の、「中森文化新聞」という人気コーナーが、この「最高得票落選事件」を大々的にとりあげてくれることになったのは幸運でした。落選作『フリーライターをやめる50の方法』全作も、小さな文字ながら一挙掲載されることに。誌面には私の写真がでかでかと印刷され、電車の中吊り広告にまで私の名前が載ったのです。

〈注目の特殊歌人・枡野浩一……角川短歌賞選考を笑う!〉と題された、その記事(一九九五年七月二十六日号)の反響はとても大きく、私の短歌はすぐに、テレビやラジオや新聞や雑誌で紹介されるようになりました。その反響がまた反響を呼び、短歌をうちで連載してほしいという雑誌があらわれ、短歌集を出したいという出版社もあらわれました。

そして現在にいたります。

以上のケースはあまりにも「特殊」で参考にはならないと、あなたは思ったかもしれません。でも、どんな仕事につくにも、今までになかったくらい「特殊」な、まったく新しい道をきりひらくのが、結局は一番の王道なのだと私は考えています。そうでなければ、真の意味でプロとして活躍することなど不可能だからです。プロというのは、なるのも大変ですが、なったあとはもっともっと大変なんですから。

第一線で活躍しているドラマ脚本家、数人にインタビューをしたことがあります。彼らはそれぞれ、私の想像もつかないような道をたどって脚本家になっていました。そういうオリジナルな「なる方法」を発見できたからこそ、彼らは第一線で活躍していられるのだと思います。

カンチガイしないでほしいのは、「意外」な道というのは、ラクをできる抜け道のことではないということ。ひどく地道だったり、デコボコ道だったりすることも多いはずです。

私のケースは、たしかに幸運に恵まれてはいたけれど、「自分だからできた」と胸をはれるところもたくさんあります。もしも角川短歌賞に「最高得票落選」した時点で、私がライターとして仕事をしていなかったら、この話は途中で終わっていたかもしれない。それに「中森文化新聞」のあの記事は、今読み返してもよくできていると思う。「中森文化新聞」を編集するライターの中森明夫さんが自由に書かせてくれたことは大きかったですし、大学の先輩である小説家の藤原京さんが的確なアドバイスをしてくれたことも大きかったけれど、もし私自身にライターとしての力量がなければ、同じ場を与えられてもチャンスを棒にふったにちがいありません。

というわけで、あなたへのお返事のしめくくりに、こんな歌を紹介します。私の短歌集にも収録されている歌なんですけど、読んでくれてますの？

「ライターになる方法をおしえて」と訊くような子はなれないでしょう

（枡野浩一）

Q **マスノ教祖様、前々から不思議だったんですけど、なぜ「枡野浩一歌集」ではなく「枡野浩一短歌集」なの？　普通は歌集っていいますよね？　それから俵万智さんの本や教祖の本は本屋さんで買えるけど、本屋さんにない歌集はどうしたら買えるの？　おしえて、教祖！**
P.S.　私もいつか教祖みたいな歌集を出したいです。
（東京都／信者A／十九歳）

A 

おしえますの、信者！　歌集という言葉はカシューナッツみたいで、耳で聞いたとき、わかりにくくていやだったからです。枡野浩一短歌集、としたほうがリズムもいいし。
教祖はもともと広告のコピーライターをしていました。コピーライター時代に学んだのは、すべての言葉をもういちど疑え、という姿勢です。たとえば銀行にある、お金を出し入れする機械、あれは一般的にはどんな言葉で呼ばれているか、ということをコピーライターは調査します。「ATM」とか「キャッシュコーナー」とか、銀行によっていろいろな呼び名があるわけです。そして広告をつくるとき、どんな言葉をつかうのが一番いいか、もういちど考えなおすのです。「ATM」なんていっても一般の人にはわかりづらいから、たとえば「現金出し入れ機」とか、勝手にベタな言葉をつくってしまうこともあります。

そんな訓練が身についている私は、最初の短歌の本を出すとき、「歌集ではなく短歌集にしよう」と決めました。枡野浩一の短歌に興味を持つような読者は、「歌集」なんていう専門用語を身近に感じている「短歌好き」ではなく、ごく普通の「活字好き」だろうと想像したからです。

さて。枡野浩一短歌集は、三冊とも実業之日本社という出版社から出ています。私の場合は、さきほど話したような経緯があって、いくつかの出版社が短歌を本にしませんかと声をかけてくれたので、その中で、自分の大好きな本（内田春菊の漫画『物陰に足拍子』ほか）を出している会社に決めました。

本を出すときには、自分の好きな本を出している出版社から出す……これは鉄則です。相性というのは、あなどれないのです。あなたがもし、自分の書いたもの（短歌に限らず）を本にしてくれる出版社をさがしているのなら、そのことを絶対忘れないでください。

とはいえ、世の中に存在する「歌集」の九割九分は、自分でお金を出してつくった「自費出版」の本です。町の本屋さんにあまり売ってないのも、そのせいですね。

町の本屋さんでもよく見かける、「自費出版」でない短歌の本を出している歌人は、俵万智、林あまり、寒川猫持、枡野浩一、といった例外的な歌人だけです（二〇〇〇年現在）。この数人がなぜ「例外」になったのか、それぞれ理由は考えられるでしょうが、私の考えはおしえません。あなた自身の頭で考えることが大切。そしてあなたは、自分だけの「例外になる方法」を見つけだしてください。

自費出版で出したいという場合でも、自費出版をうけおう会社はいろいろありますから、慎重に検討すべきです。それぞれ特徴もちがうし、短歌というジャンルに慣れてるところと慣れてないところがあります。つくった本を書店に並べて売ることに積極的な会社もあるし、そうでない会社もあります。自分で研究して、「ここがいい！」と思える会社から出しましょう。

私は自費出版した経験がないため、これ以上の具体的なアドバイスはできません。

自費出版したことのある人が身近にいれば、その人の話を参考にしたほうが安心かもしれませんね。

一応、参考になりそうな本を紹介しておきます。島田修三『短歌入門（基礎から歌集出版までの五つのステージ）』（池田書店）。この本を読むと、歌集を自費出版するためには国産車一台を買うくらいのお金がかかるということがわかります。こういう事実を単刀直入におしえてくれる人って、なかなかいないものです。それから『現代の第一歌集（次代の群像）』（ながらみ書房）。この本はいわゆる「アンソロジー」というやつで（言葉の意味がわからなかったら辞書をひいてね）、七十五人の新鋭歌人が自分の歌集の中から五十首を選んで紹介し、コメントを添えたものです。初めて歌集をつくったときのエピソードや、何歳のときに出版したか、なぜ短歌を始めたか、なども書かれていて興味深い（発行部数は明らかにされているのに、いくら費用がかかったのかが明らかにされていないのは不満ですが）。俵万智、林あまり、といった人気歌人はもちろんのこと、穂村弘、藤原龍一郎、香川ヒサ、吉野裕之など私の個人的に好きな歌人や、加藤治郎、荻原裕幸など現代を代表する若手歌人が、何人も参加していてお買得……なのですが、現在は品切で入手困難とのこと。図書館などでさがしてみてください。同じシリーズの『現代短歌の新しい風』（ながらみ書房）は、現在も書店で注文すれば入手可能です（こちらも図書館でどうぞ。二〇一四年現在）。こちらの本には私のあこがれ歌人・早坂類を筆頭に、大滝和子、久松洋一など、合計七十一人の新鋭歌人が参加しています。

こういった本を読んで、もし買いたい歌集が見つかったら書店で注文する……というのが、失敗のない歌集との出会い方でしょう。

ちなみに自費出版の歌集は、どうしても定価が二千円くらいになってしまいます。本の一冊あたりの値段というものは、発行部数が少ないほど、高く設定しないと採算がとれないからです。私は、本の定価は二千円くらいが妥当ではないか、CDのアルバムが三千円する時代に本が千円で売られていることのほうがおかしいのではないか、と普段は考えています。が、自分の短歌集を出すときには定価が千円くらいにおさまるよう、さまざまな工夫をしました。私の短歌に限っては、一人でも多くの通りすがり読者に、気軽に読まれてこそ意味のある短歌だ、と考えているからです。

Q

枡野さんは、短歌の同人誌をやったり、えらい先生に短歌を習ったりしたことはないの?

(千葉県/Q太になりたい/十七歳)

A

ありません。

私は独学で短歌をつくってきました。もともと替え歌をつくるのが好きで、言葉をメロディにハメていく面白さを追求しているうちに、五七五七七のリズムで短歌をつくることを思いついた、というのがスタートでした。自分で短歌をつくるまで、短歌の本なんてほとんど見たこともなかった。教科書で読んだ寺山修司、石川啄木くらいは知っていたし、俵万智ブームも経験していましたが、そういった歌人たちの短歌を読んで面白いとは思っても、自分で短歌をつくってみようとまでは思わなかったのです。

短歌の新人賞の最終選考で落選ばかりしていたころ、いろんな短歌の本をさがして研究するようになって、自分のつくろうとしている短歌は、一般の歌人がつくっている短歌とは、まったく別のものなのだ、ということがわかってきました。なので、短歌の先生に指導してもらいたいなんてこと、考えもしませんでした。

「結社」という、えらい歌人の先生を中心とするグループの一員になって「結社誌」に作品を発表したり、「同人誌」という、手づくりの雑誌を仲間と発行したりしている歌人は、多いみたいです。というか、ほとんどすべての歌人が、そうです。

なぜかというと、短歌は現代においては人気のないジャンルだから、読者が小説とかにくらべたら、いないに等しいのです。いや、いることはいるんですが、「短歌を読む人」というのは、たいてい「自分でも短歌をつくる人」です。つまり短歌は、「読み手」と「つくり手」がイコールで結ばれている、すごく閉じたジャンルなのね。

それだけならまだしも、「つくり手」が「読み手」でもあり、おまけに「評論家」でもあるのだから驚きです。

私の短歌は「商品」として書店で広く流通させているものですから、本を読んでくれた読者の人から、どんな批判をされてもかまわないと思っています。でも、私と同じように短歌をつくっている「歌人」の人に、「あなたの短歌はもっとこのようにしたらいいのに」とか言われても、少ししか耳を傾ける気にはなりません。だってその人も短歌をつくる書き手なわけだから、他人の作品に口を出してるひまがあったら、自分の理想とする作品を勝手につくっていけばいい、それだけのことでしょう。たとえばプロの漫画家は、自分以外の漫画家に、そんな余計なアドバイスはしません（新人賞の選考委員が、新人に対してコメントする場合以外は）。歌人の世界には、「プロ」がほんの数人しか存在しないので、そんな牧歌的なアドバイスがまかりとおるのかもしれません。

しつこいようですが、私がいつも想定している自分の短歌の読者は、「自分では短歌をつくったりしない人」です。短歌をつくる仲間たちにいつも囲まれていると、その仲間たちの「読解力」があまりにも優れているために、つまらない短歌をつくっても「面白い」とほめられてしまったりするのではないかと、ひそかに想像してるんですけど、どうでしょう。

私はたった一人で短歌をつくっていたころ、短歌に全然興味がない友人たちに読んでもらっては、作品を推敲していました。作品の発表の場がないので、情報誌「ぴあ」の〈はみだし〉コーナーに短歌を載せてもらっていたこともあります。短歌を一首ずつハガキにワープロ印刷して、自分の好きなクリエーターや自分の好きな本を出している出版社や、「ぴあ」編集部に、一年間にわたって毎週送りつづける……というキャンペーンをやっていたのです。プロになってからは、短歌に全然興味がない人たちが読んでいる雑誌や新聞に作品を発表し、寄せられる反響を反省材料にして、次の作品をつくってきました。

無論、こんな「特殊」なスタンスを貫く枡野浩一にも、愛する歌人はいるし、その歌人に近づいてみたいと考えたことが一度もないわけではありません。が、その歌人のことが好きであればあるほど、その歌人からはできるかぎり遠いところにいるべきではないかと、次第に考えるようになったのです。そして、その歌人とはまったく別の道をさがすことが、その歌人に真の意味で近づく唯一の方法なのではないか、そんなふうに現在は考えています。

ですから、枡野浩一の短歌を読んで短歌を始めましたという人は、今後、できるかぎり枡野浩一から遠ざかっていってほしい。そうしなければ、「枡野浩一ではないあなた」が、わざわざ短歌をつくる意味なんてないのだと、わかってほしい。心から、そう願っています。

ということは、あなたがいずれ「結社」や「同人誌」の世界に足を踏み入れたくなったとしても、私はとめません。そちらの世界のことを私はよく知らないから、必要以上に批判的になってしまうのであって、そちらの世界にはそちらの世界なりの正しさがきっとあるのでしょう。

ただ、私がくどいほど話してきたことを、心の片隅でいつも気にしてくれたら嬉しいです。自覚している、というのは大切なことなんです。

蛇足ですが、私が「マスノ短歌教」の「教祖様」を名のっているのも、他人に短歌の作り方をおしえるという行為のうさん臭さに、自覚的でありたいと考えるからです。「先生と生徒」といった上下関係が保たれている集団は、いつだって無自覚に「宗教」化してしまう危険性をはらんでいます。でも、危険だからといって、何もしないのでは何も始まらない。危険を自覚しつつ、始めればいいのです。そのことだけは、忘れないで。

Q　枡野浩一って、いかにも歌人みたいなステキなお名前ですね。ペンネームですか？　私もペンネームをつかいたいのですが、いいのが思いつきません。

（北海道／名無しのごんぎつね／二十五歳）

A

枡野浩一は、本名でした。でした……と過去形なのは、結婚して妻の籍にいれてもらったため、現在の本名は別の名字になっているからです（離婚後もその戸籍名を残しました。二〇一四年現在）。枡野という名前は、筆名としてつかいつづけていますの。歌人に似合う名前かどうかは疑問。酒屋だとしても似合うと思うよ。

私が本名で短歌を発表してきたのは、「自分の顔に似合う作品をつくりたい」というポリシーがあるからです。詩とか短歌とかをつくる人たちは、きらびやかすぎる筆名を自分につけてしまいがちですが、あんまり鏡を見ないのでしょうか。私はこんな顔なので、伊集院譲という名前は似合わないし、夢園綺羅という名前も似合いません（もし偶然まったく同じ名前の人が実在したら、ごめんなさい）。

銀行で名前を呼ばれたとき恥ずかしくない名前で生きていきたいと私は思います。もちろん、自分の私生活と自分のつくる作品はまったくの別物、という考えの人がいてもいいとは思いますが……。それに、夢枕獏や銀色夏生がそうであるように、すごい売れっ子になってしまえばもうどうでもよくなる、という不思議な現象もあることはあるようですから、そんなに神経質になることもないかもしれませんが。

そういえば、マスノ短歌教の連載の担当者Kさんが、連載完了後にこんなメールをくれました。ご参考まで。

〈私が短歌教を担当させていただいてて印象深かったことのひとつに「信者のペンネーム」があります。常日頃、投稿欄の女性のペンネームをなんとはなしに気にしているのですが、本当に「○○くんLOVE」「○○くんの彼女」「○○のママ」といったものが多いのですね（育児雑誌ともなると本当にそればっかり）。でも！　短歌教に限ってはそのようなペンネームを使う人が本当に1通も（！）なかったのですね。それは私にとって何だかとても嬉しいことでした（またそれとは別に、いい歌をつくる人は本名だ、ということも印象的でしたが）。どんな名前を名乗るか、というのはどんな人間として在りたいか、ということだと思うので、みんなの個性的なペンネームは、さすが短歌教に短歌送ってくれる人！　と嬉しかったんです。〉

ちなみに私は、実際つかうわけでもないのに筆名を考えるのが趣味で、「カエルブンゲイ」というフリーペーパーで『お名前売り枡』という連載コラムを書いていたことがあり枡。私の考案したオリジナリティあふれるお名前は、現在もインターネットで販売中。よろしかったら参照してみてください。

Q **枡野さんの短歌が大好きです。私も短歌をつくってみたいのですが、なんで俳句とか川柳じゃなくて短歌なのか？ と悩み始めたらよくわかんなくなってきて……。枡野さんはなんで短歌？ 川柳とかでは、駄目だったんですか？**

（島根県／七五蝶／十七歳）

A

川柳では、駄目だったんです。

川柳をつくっていた時期もありますの。このあいだ休刊が決まった「アサヒグラフ」誌に、川柳作家の時実新子が選者をやっているコーナーがあって、一年くらい投稿していました。『川柳新子座'91』（朝日新聞社）という単行本に、いくつか作品が載っています。それから、俳句の会に参加してたこともあります。向いてなかった……。現代詩の雑誌に投稿していたこともあります。詩集を一冊出してます、読んでね。ごくたまーにだけど作詞の仕事もしてます。くわしくは本書の著者プロフィール参照してください。

いろいろやってみたけど、駄目だったとわかった、というのは大切なことです。あなたもあれこれ考えてないで、まず、やってみたらいかがでしょうか。

なぜ短歌なのか、という質問はよくされるのですが、あまり意味のない質問だと感じます。いくらでも理屈づけはできるけれど、それは理屈づけにすぎないようです。テクノをやっているミュージシャンに、なぜヒップホップではなくテクノなんですかと質問するのって、まぬけですよね。

よく、「枡野浩一の短歌は、五七五七七で書かれたエッセイではないか」と言われます。そうなのかもしれません。五七五七七のリズムによって、いつでもどこでも口にしやすくなった、携帯用エッセイ。

また、「枡野浩一の短歌は、広告のキャッチフレーズみたいだ」とも言われます。そうなのかもしれません。スポンサーのいない、枡野浩一という一個人の言いたいことを、広く確実に訴えるためのキャッチフレーズ。実際に何かの広告につかわれてもおかしくない完成度に仕上がっていると自負してますの。プロですからね。

でも、枡野浩一の短歌は、やっぱり短歌です。「枡野浩一の短歌なんて本当の短歌じゃない」と考えることで安心したい人はたくさんいるみたいですが、そういう人に「じゃあ本当の短歌って何ですか?」と質問しても、ろくな答えが返ってきません。なぜなら、そういう人は、既成の「短歌らしさ」のイメージを無自覚になぞることで、何かを創造した気になって自己満足にひたれる、おめでたいシロウトさんだからです。

短歌以外にこんなにも多くの表現ジャンルがあるのに、なぜ、わざわざこの時代に、短歌なんかをつくるのか? という疑問に関しては、枡野浩一ほどよく考えている歌人はいないと思っています。(自分なりに出した仮の答えはあるのですが、ここではおしえてあげない)

そう、短歌なんか、世の中に存在しなくたっていいんです。

もちろん、存在したって、いい。

そこから話を始めなくてはなりません。

短歌なんか存在しても存在しなくてもどうでもいい普通の人々に読ませる、短歌であるからこそすばらしいと感じられるような短歌とは、どんな短歌なのか。

こんな短歌だ! と、あなたは言えますか?

作品集二〇〇〇（短歌じゃないかもしれない症候群）

二〇〇〇年刊行の単行本に収録した作品集をそのまま再録しました。『作品集二〇一四』もあわせてご覧ください。

向井ちはる　OVER DRIVE

青春という噂の波に巻かれてたわたしは黒いチャリンコこいでた
祈っても未完ゾーンの殴り描き　果てないものにロックされてる
何もかも朝の未来はハードさ　だけど夜の過去には愛されていた
希望では狂ったみたいなベルじゃなくやるせない熱の静かな目覚め
恐るべき退屈しない程度の刺激　退屈なんてそういうことだ
想像を絶する事件投げつけてわたしの出来をチェックする神
精神はからだと共に生きていて命がけなどからだに悪い
彼方からトランポリンにすべり落ち突き抜けるほどジャンプしなくちゃ
登るのは楽しそうだと思うけど足跡追って行くのは面倒

真実に限りなく近い未来にならず媚びることなく鮮やかでいる
恋人になるわけじゃない彼女とはどういうふうにどこまでが可？
何事も無かった訳じゃないらしく振る舞う彼女ブーツが変
だしぬけにもう記録済みの返事あり経過さえもが記録済みだし
複雑な嘘を見透すのが好きだ　血まみれ彼女がいとしいから
立ち上がり眩暈するまま暑さの中　歪んだ空気にうねり弾かれ
目の隅で点滅している暗号はしようと思えば解読できた
充たされぬ物語などケチがつき内緒話が異常にヒット
質問をしてはいけない沈黙はばかばかしくて冷凍庫行き
イエスでもノーでもいいけど言えないならアンタの時間あたしにちょうだい
沈黙と何も言えないのは違い　威圧の点と空っぽの点

＊以上、向井ちはる著『OVER DRIVE』（発行＝フーコー／発売＝星雲社）、冒頭二十首を紹介。第二回フーコー短歌賞（企画＝枡野浩一、選考委員＝林あまり・藤原龍一郎）大賞受賞作。

向井ちはる（むかい・ちはる）の才能を最初に見ぬいたのは枡野浩一ではなくて、歌人の藤原龍一郎・林あまりだった。くわしい経緯は「作り方」のところで書いたので省きますが、そんなわけで彼女には何もおしえてないと思う。勝手に学んでくれたんだとしたら嬉しいな。師を持たない枡野浩一の精神を最も正しく受け継いだマスノ短歌教信者は、あなたかもしれない。短歌集『OVER DRIVE』は国際的に活躍する中島英樹のブックデザインで、まったく短歌集に見えない。短歌が横組だし。自作を英語に翻訳してくれる人を募集中という向井さん、ぜひとも国際的に大活躍してください。

西尾綾

ペットボトル

自転車をなぎ倒す風　残酷ないたずらは好き　見ているだけなら
聴覚のさえる日がある　使えないしゃべり言葉をまた覚えたよ
おだやかな日々は続くよ　やがてくる嵐は必須アイテムだけど
すき見せぬようにやらねば　いつ誰が決めたルールか疑いもせず
最初はぐう　たとえ勝っても抜けがけは許さないぞと言われるような
約束の返事はこない永遠に　それが転校少女の流儀
ものは増え続けるだろう　絶望を見てきたように口ずさんでも
わかり合うことは結果でわからせてやりたいだけの長いおはなし
傷ついて見えないらしい　ならいいよ　血も出てないし涙も出ない

あすこそは　あすが必ずくることに慣れ切っているぼくには無理だ
永遠にここにいるのも悪くない　雨宿りするTOWER RECORDS
欄干の青い空き缶　この街が海に沈めば流れてゆける
折り込みのチラシに多いレモン色　こっちを見てと言えないわたし
すぐ泣いて黙りこむからいつまでもあのこみたいになれないのかな
最後にはわかったんです　最初から投げ返す気のない人だって
「痛い目にあうよそのうち」真に受けておとなになった　たしかに痛い
みなさんを泣かせますよと胸をはる役者にあげる涙ならない
何回も振り向かないで　わたしまだしゃべれないんだ赤ちゃん言葉
突如鳴る出庫のベルに立ち止まる　やさしくないよ弱いだけだよ
何かしらなくしたようで振り向いてばかり　かばんを開けた時から
細首のラベンダー揺れ顔色の悪い人ほど香りを放つ

傷はどう癒えるかなんて傷ついた後の知識が最近はじゃま

夕立ちか濡れて参ろう　傘は時に視野を狭めるものかもしれず

二ヵ月間はいたジーンズ洗おうか　そんなみそぎで生きながらえる

薄青のペットボトルがタクシーに轢かれる時は目をつむります

特待信者・西尾綾（にしお・あや）の名前は、マスノ短歌教の外でもよく見かける。いろんなコンテストに応募しては、俵万智にほめられたり、林あまりに励まされたりしている。何のグループにも属せず、一人で歌ってきたんだろう（想像）。作風が孤独だ。どの歌もうつむきかげん。でも、そんな彼女が顔をふいに上げる瞬間に目が奪われる。これからも一人で歌いつづけてほしい。今回、鮮烈な連作『ペットボトル』を見せていただいた際、「欄干」という言葉を辞書でひいてみたら、意外な意味が載っていて勉強になった。西尾さん、僕は赤ちゃん言葉、しゃべれるようになりまちたよ。

天野慶　手紙に咲く花

日溜りに置けばたちまち音たてて花咲くような手紙がほしい
番付は横綱　流した涙だけ強くなれるというのであれば
約束はやぶっていいよ　ゆびきりがただしたかっただけなんだから
晴れた日は虹を作ろう　たくさんの水でこころを洗っておこう
髪を切るくらいで変わる簡単な人間性は信用しない
精神が近視　未来はぼやけてて過去はやたらとはっきり見える
眠れない夜はおんなじ　ドラえもん家電製品化した未来も
また電話している溢れた淋しさのコントロールをできない君が
あなたには伝えられないものがあり暗闇のなか鳴り続くベル

夢だってわかってたならあいそ笑いなんかしないで言えばよかった
カーテンを閉めても朝は来るように目をそらしてもおんなじだった
てのひらは目には見えない擦り傷で溢れてるからすべてが痛い
ついさっきあなたがついた収拾のつかない嘘で楽しんでいる
マシュマロのやさしさのまま手を離す弱い私を許してほしい
楽園を追われるときは君からの手紙の束を持って走ろう
せつなさを聞かせつづけたサボテンに見たことのない花が咲いたよ
淋しさは沸点を超え空耳の電話の音に手は伸びてゆく
君とした雪合戦のあの雪の白さを超えるものはまだない
この道は春に花降る道となる　パラダイスとは変化するもの
遠足は行かなくていい　そのかわり前日のあの気持ちだけでも
目覚ましの音で壊れてしまうほど将来の夢なんて危うい

パレットにあるだけ絵の具を出してみてなにも描かないような休日
いつまでもきれいに咲いたままでいる造花に生まれなくてよかった
ピンチには代わってくれる人のいる野球はスポーツ的に失格
逃げることばかり上手くて気がつけばドッジボールの最後のひとり

天野慶（あまの・けい）はマスノ短歌教のスパイだ。現在「短歌人」という短歌結社に潜入中で、スパイなのに目立っているらしい。〈パラダイスとは変化するもの〉の一首が「短歌」誌の投稿欄で特選になったり、〈パレットにあるだけ〉の一首が読売歌壇でトップ掲載されたり……。マスノ短歌教信者ならではの「かんたん短歌」もつくるし、短歌の専門家みたいな短歌もつくる。ホームページに、さまざまな色あいの短歌や俳句や詩を発表中。今回はマスノ短歌教信者に戻って、旧作・新作おりまぜた短歌連作、まとめてもらいました。

杉山理紀　銀紙

朝起きて電信柱の近い日は電線伝いにどこまでも行く
絵葉書が届くととてもうれしがる僕は知らない世界の先っちょ
手放しの自転車乗りの顔つきで今走っていったもう見えなくなった
えんぴつを持ったまま眠る気がつくとノートに線が１センチ５ミリ
図書館のまわりにセミが多すぎるような気がした午後を返却
このだるさ鼻から水を飲んだとき沈みたくなるあれに似ている
決心はアイスクリームみたいに溶け出していき手がべたべただ
もろいとき赤えんぴつの先ほどの弱いちからで折れていたんだ
話すように考えることそれしかできない僕に流す音楽

すこしずつずらす感じの視線して遠くをみたり近くをみたり

上向いて歩いているから絶対に涙じゃなくて一粒の雨

君が君で僕でないのは偶然か？　そう考えて揺らすブランコ

切り落とす感じで言おうさよならをトカゲのしっぽになれないこころ

悲しいといえば悲しみへらないし悲しくないといえば淋しい

ほら今に真っ赤な嘘を塗りたくった舌がめくれて二枚になるよ

ジグザグに届いてしまう言葉では気持ちカギ裂く釘がでていた

石の色わかろうとして捜しまわってもうくたくたのガラクタだった

急だけど生身なものが食べたくてせいぜい買ったの固い桃の実

壁に手をこすって歩き痛くして中身の痛み忘れていたい

涙が出る直前が続く　ああなんか泣いてしまうより泣きたいけど

夕立ちにかくまわれてる二人には話すことなどなくてもよくて

夕焼けが5分の4タンジェリン5分の1いいだせなくて

反射鏡いっせいに光りYESと答える午後7時自転車置き場

コンビニの袋に入れて持ち帰る賑やかな孤独ポテトチップスの

銀紙に秘密を書いて手の中で小さく丸めて作る銃弾

わが「マスノ短歌教信者の部屋」（インターネットの電子掲示板）には、〈見ただけであなたはもうマスノ短歌教信者。〉と明記してある。だから、信じる気もないのに信者と化してしまう被害者があとをたたない。そんな信者の一人が杉山理紀（すぎやま・りき）だ。〈インターネットとマスノ短歌教信者の部屋がなかったら、短歌とか絶対関係なく暮らしていたと思う〉と、このあいだもらったメールに書いてあった。今では自分のホームページまでつくって、精力的に短歌を発表している。それでこのセンスだもの、まったく教祖様としては、いやになりますの。

加藤千恵　今日は何の日？

撃った後どうせいつもとおんなじに後悔ばかりしちゃうんでしょう
もう2度と会えないなんて不思議だね　誰かの悪い冗談みたい
磯野家の棚にはおやつ　わたしには悲しみ　いつも完備されてる
「殺人の計画なんて後にしてサザエさんでも一緒に見よう」
自転車をこぐスピードで少しずつ孤独に向かうあたしの心
ありふれた歌詞が時々痛いほど胸を刺すのはなんでだろうね
ケータイが氾濫する街　つながりは年々薄く小型化されて
そうやって自分の傷や痛みだけ見せびらかして生きればいいよ
一番にいいたいことを失って二番も三番も意味を持たない

簡単に変われたらいい　欲しいのはアンパンマンの顔的気軽さ
生きててもできないことはあるけれど死んだらなにもできないからさ
正論は正論としてそれよりも君の意見を聞かせて欲しい
いくつもの言葉を知ったはずなのに大事なときに黙ってしまう
どうしても欲しいのだった　得られないことは頭じゃわかってるけど
ポケットもタイムマシンも興味ない　ドラえもんよりあなたが欲しい
真実やそうじゃないことなんだっていいから君と話がしたい
もう少し君に必要とされてみたい　ドラえもんにはなれなくっても
キライでも好きでもどうせ泣いちゃうし　やっぱ恋ってくだらないかも
最大の願いは自分で叶えるからドラえもんにも相談しない
赤信号ずっと続けと叶わないお願い事を繰り返してた
さびしいとつぶやく内に本当にさびしくなっている部屋の中

ついてない　びっくりするほどついてない　ほんとにあるの？　あたしにあした
そんなにも助かりたいの？　孤独から目をそらしてる君を見ている
好きだけど時々すごいむかつくの　殴って蹴ってやりたくなるわ
世界中の本や音楽買い占めてなんとか夜を乗り切らなくちゃ
泣くくらい好きだからって泣きそうに好かれるわけじゃなかったんだわ
気づかれる方じゃなくて気づいちゃう方が悪いの？　知りたくないこと
この恋が終わるってことわたしたちとっくのとうに知っていたよね
ポケットに手を入れてみる　なんとなく何かが出るの期待している
追いかけたドラ猫はもう見つけたの？　途中でやめてしまったりした？
いつだっておんなじ技でやられてるバイキンマンにわたしがだぶる
言葉しか残っていないけれどまだ言葉だけなら残ってはいる
重要と書かれた文字を写していく　なぜ重要かわからないまま

文学で癒されるような痛みならもともとたいした痛みではない
昼休み友だちがくれたポッキーを噛み砕いてはのみこんでいく
鳴り出した携帯電話　一つずつ共有できないものが増えてく
死ぬことも生きてくことも似たようなものと感じていた晴れた日に
引き出しを開けても出ないドラえもん　余計なものが詰まりすぎてて
インロウを最初に出せばいいのにね　だけどそれじゃあ5分番組
誰もかも病んでいるからもう誰も病んでいるとは呼べないでしょう
だったらさ　ものはついでということで殺しちゃうっていうのはどうよ？
永遠に醒めない夢はそれはもう夢ではなくてべつの何かだ
責任は誰かのもので自分には関係ないと思ってるでしょ
首吊りの紐の長さのせいにして結局生きていくような君
大丈夫タイムマシンがなくってもあの日のことは忘れないから

どこまでも落下していく感覚を忘れないまま言葉を書くよ
どこでもドアノックするのは誰だろう　結局たどり着く場所はひとつ
あたしたち何にもできないだからこそ何でもできる　そんな気がする
いつだって見えないものに覆われて知らないものに守られている
誰一人おんなじままじゃいられない　それってすごいことなのかもよ

加藤千恵（かとう・ちえ）も「マスノ短歌教信者の部屋」の常連で、自らのホームページで短歌や詩などを発表中。ＮＨＫ「かんたん短歌塾」に送ってくれたドラえもん短歌やサザエさん短歌がとてもよくて、番組で二回連続で紹介させていただいた。作品を読めばわかるから明かしてしまうけど、高校生。最近、私の一番好きな小説家である保坂和志や私のあこがれの詩人／歌人である早坂類が、「マスノ短歌教信者の部屋」に訪れて加藤千恵の短歌を口々にほめたたえ、教祖様としては嫉妬を隠しきれない。畜生♡

梅本直志　水

赤い水みんな大好き青い水大大好き好きキミドリの水
赤い目でおまえを見てる最後までおまえがみにくく笑うかどうか
あれじゃないでもこれじゃないそれだから生きてるってのもやめられまへんわ～
いかなけりゃいけなきゃいけないときだけの力をおれに　おれＳＡＩＤ「来い」
行き止まり左右の空が落ちてきて地面を見たらアリが歩いてた
ヴォリュームを４時に回して聞いてみろ現世になんの意味があるねや
撃て、スピード／ころせ、光　くりかえし　撃て、スピード／ころせ、光
思いだす　おれは未来を思いだす　きのうじゃなくて、今、思いだす
おれはおれおまえはおまえ彼は彼彼女は彼女おれらはおれら

おれは人は平等だとは思わない　死んじゃいけない人がいるから
おれは見るダマす人ダマされる人みんな淋しいみんな痛い
風が吹いてつかまえなければすぎていくっていう風が今吹いている
きみんちの近くで買ったライターがまだ残ってるまだ大丈夫
きょうが最低できのうが最悪であした前進するしかない
きょうの昼、2ステップ!!　を初体験!!　夏はこれかと発射されてる
クーラーのある生活が夢だっただから真夏に夢はかなった
57577ならぬ9になる　その2の中で、おれは笑っている
ころしたい人はいないがきずつけたきずを忘れて人はころしたい
淋しくてブルーになって泣いていて不自由だってバスに乗ってて
したいことわかんないからタダめしくってくたびれたからころしてみたけど
死ぬ前に世界の果てへ連れてって　だれもあなたをもう見ぬように

そう、おれは赤い字を書くおれは吐く赤い血を抱くおれは音楽
太陽の昼の日差しがカラっぽの部屋にナナメにただ差しこんだ
たとえば字とか文章を書くことで伝えられるとは思っていない
楽しくておもしろくって笑ってて自由になって電車に乗って
たぶんもう会えないかもしれない人にバイバイを言う必要もない
つくづく、だ　線路は続くよどこまでも　線路は続くよ　どこまでつづく
どこに行くってことはわかんないけど、生きていくってことはわかってる
とりあへず踊ってしまえ忘れちゃえ西麻布の朝定食をくえ
なんでかな??　まんがのように思えるよ　うまく行っても行ってなくても
何度でも何度でもくりかえそうぜ何度でも何度でも何度でも
2000年の夏は渋谷でブランコに乗りつつ麦茶のコーラを飲んでた
半分の月を見ている寅次郎　満月になる　新月になる

ひまわりの花が確かに揺れている　それを、右手でぽきっと折った
ほんとうは大好きなんだただ一人嫌いと思うおまえのことが
回ってる世界はおれのためにある　じゃなくて、世界はおれの中にある
水色じゃない赤い雨か血が降ればすぐわかるだろ太陽を見ろ
ミスドで会おういつか100円の日に数学とかの時間に外でサ
モヒカンに憧れてるのが好きだった　おれも王様になれる気がして
やっているまっ最中に笑いだす　映画みたい、と　おれは思った
奴は言う「じゃますんな、ボケ!」奴の名は大木温之またの名をはる
奴は言う「世界はある」と。奴の名はカール・マルクス。共産主義者
奴は言う「つげぐちしてね」奴の名は大木知之・現・トモフスキー
やるよりも気持ちいいことを知ってるおれは人類に反対している
ラヴ・ソングなんて歌っていられないもっと歌いたいことはあるんだ

ローソンでならべられてるものだけで作った原爆あんたにあげる
ロックンだロールだパーだプーだピー　あきらめたくない　ピィだピィイー
ロックンだロールだパーだプーだピー　意味なんかない　ピィだピィイー
ロックンだロールだパーだプーだピー　言葉になんない　ピィだピィイー
「わんわん」とおまえが言って「けろけろ」とおれが言っていて　それでいいんだ

梅本直志（うめもと・なおし）とは古くからの知り合いだが、二人とも本業が雑誌ライターで、音楽の趣味が合う、というくらいの接点。「マスノ短歌教信者の部屋」に時々訪れ、詩のような言葉を残して去っていく。番組では一首しか紹介しなかったもののＮＨＫ「かんたん短歌塾」に送ってくれた作品群が印象的だったので、今回特別に声かけて短歌を多めにつくってもらった。マスノ短歌教の教義には全然のっとってないし、傑作なのか駄作なのか判断に迷うけど、気になる詩人ぶりでしょう？　Ｔｈｅピーズ、カステラ、といったバンドのことを知らないと意味不明な歌もまじってるが、まあ黙認しますの。

佐藤真由美　脚を切る

東口バスターミナルでキスをして別れるために出会ったふたり
大好きな「よしぎゅう」だけどここに来た男と恋はしない主義なの
愛なんてコトバ新聞一面に載せないでほしい二日酔いの朝
この映画恋人と観ると幸せになるっていうけど彼が？　わたしが？
「会えなくてゴメン」と電話くれるのは謝る必要ない人ばかり
鎌倉で猫と誰かと暮らしたい　誰かでいいしあなたでもいい
泣きながら投げたビールの空き缶で親指切って君がまた泣く
好きでもない人を傷つけてしまった　スキップで近づいてごめんね
そんなつもりなかったなんて言う娘に育てたつもりはありません（母）

マスカラがくずれぬように泣いている　女を二十五年もやれば
シメジより美味しいなんて思わない　でも高いからトリュフが好きよ
アルデンテにゆでといたけどそれ以上わたしに期待なんてしないでね
睡眠の足りた幸福な子供ではいられないのにベッドでふたり
桜咲き空が眩しくなってくるいつもの坂を早く過ぎたい
冷静にいろんなものと別れたり　正しい音で歌ってみたり
借りた傘返しに行くと雨が降るような感じで二年続いた
ありがとう　いつも一緒にいてくれて　たまに一緒にいないでくれて
鈍感なぶんだけ人は幸せになれるとしても幸せでいい
誕生日前だけどこれプレゼント　いつまで好きかわからないから
一日が三十八時間あってもやっぱりあなたに会わないでしょう
ストッキングはいたこともないあやつらに束縛するななんて言わせない

今すぐにキャラメルコーン買ってきて　そうじゃなければ妻と別れて
死ぬことの決まった人の世話をするように笑ってばかりいた恋
キスされるときに瞼を閉じるのを忘れるくらい疲れているの
この煙草あくまであなたが吸ったのね　そのとき口紅つけていたのね
あの人が困ると満足　怒ったらもっと満足　いつからだろう
友達でいようだなんて話し合う友達同士はいない　絶対
当然のように一つの食べ物を分け合いながら別れ話を
「風邪ひいた」と言っても「なんで」と言うくせに別れる理由は訊かない男
いいことがあってもいいな　なんとなく好きだった人が花くれるとか
道のりの遠さにしゃがみこんだとき目が合ったからじっとしている
五階から路地の子猫を見る非常階段　今日は死にたくない日
帰りたい人にじゃあねと手を振って越える黄色と黒の縞縞

一回も世話しなかった鉢植えが冷蔵庫から飛び下り自殺

生きていてよかったなぁと思うのに時間かかって会社に遅刻

あの頃は高いと思った十円の駄菓子のようだ　君の悩みは

今日中にしなくてもいいことばかり片づいていく締め切り前夜

泣くようなことがそろそろ欲しくなる　混んだ電車で立ち上がるとき

走ってく方向まちがえないコツは目的地なんか作らないこと

幸せな頃に聴いてた音楽をポッケに入れて地下鉄に乗る

コンビニで『孤独を生きる』という本を買うけど心配なんかしないで

いいことが悪いことより二個増えるように数えている帰り道

強い意志とかそんなんじゃないでしょう　コンクリのひびに咲くタンポポは

「帰りたくない」は帰れる場所のある女のセリフだから言わない

一本の指のマニキュア乾くまで動けずにいるわたしの全裸

ばったりと倒れる場所を探してるときだ　前のめりに歩くのは

悪意なき人に囲まれもうここにいたくないわけ言えない土曜

降らせてるみたいな雨に濡れながらどこか行きたくないところまで

目をつむり飛び込みかけた信号でやさしく拾ってくれるタクシー

電話線　男　トモダチ　切るものがもうなくなって脚を見ている

佐藤真由美（さとう・まゆみ）は美人だ。某有名芸能誌の編集者として、歌人・枡野浩一にインタビューしてくれたのが知り合ったきっかけ。最初に自作の短歌を見せてもらったときは、やっぱり顔の完成度と作品の完成度は反比例するのかなあと思ったものだが、いつのまにかどんどん上達してマスノ短歌教の特待信者に。キャラメルコーンの歌などは、うちの夫婦のあいだで不朽の名作として愛唱されている。会うたびに髪の色がちがうんだけど、二〇〇〇年七月現在は「マットオリーブ」だって。『脚を切る』は全部新作でまとめた初の連作で、第六回枡野浩一短歌賞受賞作（今決めました）。

脇川飛鳥　気がする私

月に向かって遠吠えしてる犬は室内で飼われてうるさいやつではダメです
何も考えず三秒で寝れる毎日はすごく貴重な一日なのかも
みんなが人とちがう人間になりたがっててみんなが人と同じ人間
形のない偉大なことで自分がバカに見えるのならばもうあきらめる
目覚ましが十時に鳴ってもタモさんで起きるから八時にセットして寝た
自分のことを言われてるような気がしてつい本をハタッと閉じた気がする
相談にのってるふりして本当は納得いかせるのが快感で
痩せようとふるいたたせるわけでもなく微妙だから言うなポッチャリって
わかるって君が退屈なことくらい　なにその灰皿いっぱいのタバコ

そう月日も経ってない頃に自信に満ちあふれてた時があった気がする
君といる時はいいけどひとりの時は空しいからやめたい思い込み
毎日毎日地味な生活送っているとコマーシャルでもなぜか泣けてきた
あの女もてるなぁとも思ってもあーなりてーとは思ったことない
友達の彼氏のいやなところ見てこんなのはダメと密かに学ぶ
まさか約一時間の通勤時間私にとって必要なもの
そんなことやんなくっても成り立つことをやっとこの秋信じれている
みんなの話聞いてないわけじゃないけれど変なところでうなずいてスマン
十九年風呂にも入り慣れてるし何も考えず全身洗える
きのうの夜の君があまりにかっこよすぎて私は嫁に行きたくてたまらん
飛び箱の試験でぶっつけ本番で飛べたのをなぜか忘れていない
あーやって実はこっちを見てますように夢か奇跡かなんかでいいから

こんな自分のためのあんな自分だったならかわいいもんで笑って話せる
またこんな真新しい気持ちにさせて裏切るのは真心ブラザーズ
あなたならとか言って私を君のイメージにうまくはめたりしないならいい
この冬は断然いつもより多く布団の気持ち良さを感じる
それ言ったあとにその歌はまずいでしょ　頼むからやめてこっちが照れる
愛と時間とりそろえてます現品でどうか返品はご遠慮ください
直感で大丈夫だとわかったし下手すればいつもより笑ってた
君といると君のようにはならないと考えるからいいことにする
私ったら考えたくもないやつのことキライキライと考えている
とりあえず言ってる言葉ってことばれてるよだって私もやるその言いぐさ
私だけもりあがってるような気がしないでもないけど今日はやめない
素面だと今日は変だと言われるし酔ったふりして熱く語るとする

もし私が歌手になっても愛をくれって連呼する歌は歌いたくない
いったいなんに反応してるか知らないが　あーなんだか意味ねー涙
人に合わせてる自分が嫌いじゃないから多分私は自殺をしない
だってほらちょうどよく似ててちょうどよく似てなくてちょうどいいはずなのに
楽しかった思い出なんてひとつもない　私は根にもってなんかいない
あの時のたしかに寝付けなかった時のままでいたいのはやまやまだけど
今自分が何をすればいいのかひとつだけ答えがあればやりやすいのに
あんなこと言うから私の頭の中は君の非難で頭痛が痛い
想像がふくらむという長所は現実何も変えることできなくて短所
目をつぶると点滅してて目を開けると真っ暗だからどうやって寝よう
やさしいほうだとか一生懸命に生きてるだとか自分で言うな
のぼった先にちょっとした平坦があってそこが充実あとは不安定

ゴミの日のゴミのとこにいるノラ猫はゴミじゃないと思うバスの中から

その例外がたまったのが好きとかいう感覚になりえるから困った

ただほんとよく寝たっていうだけなのに自分の場所まで見つかったりした

しょーもないことで胸がいっぱいになってご飯がのどを通らなくなれ

人生をティッシュに賭けてごみ箱に投げて入って幸せになる

脇川飛鳥（わきがわ・あすか）の出現には驚いたね。マスノ短歌教のスター信者と言っていいでしょう。ほかの特待信者たちは、もしかしたら別の場所でも頭角をあらわすことができたかもしれないが、この人だけは枡野浩一が発見しなくてはいけない才能だった気がしてならない。最初に投稿してくれたとき十代だった彼女が現在二十代になっていると聞くと、時間が流れてるのはあたりまえなのに感慨にふけってしまう教祖だ。今回、旧作・新作とりまぜて五十首の連作をまとめてくれました。新作、以前より歌の輪郭が淡くなったかな？　皮膚感覚に忠実になってきたんだとしたら、いい傾向だ。

柳澤真実　君と小指でフォークダンスを

お昼休み口から飲んだ牛乳を目から出してる男子が好きよ
校門で待ち合わせ君がかけてくる渡り廊下のすのこの響き
SMAPと6Pするより校庭で君と小指でフォークダンスを
雨のなか手紙を胸の中に入れポストに走る少女を見ました
タンポポの綿毛けとばせ　来年もきっとここに来る自分のために
太陽の光が作る水底はマスクメロンの模様が揺れる
変わってく空の色ずっと気にしてる　今日はお昼寝をしすぎました
何もかも終ったあとで一人行く　花火の残影あるわけもなく
遠くから手を振ったんだ笑ったんだ　涙に色がなくてよかった

何もないところで転んだ時とかは何を恨めばいいのでしょうか
偉そうに立ってる東京タワーから謎の電波が涙腺に来る
歩いても気持ちだけいつも道端にうずくまりそうになるから走った
ケータイの普及のおかげで突然に女便所で振られた私
手についた犬の匂いをいつまでも嗅いで眠りたいそんな雨です
治りかけの傷のかゆみでまた君に懲りずに逢いに行きそうになる
ボロボロになったドラえもん6巻を読む君に今日何があったの
うっすらとわかりかけてもなにひとつかわらないからわからなくなる
いつか見た野良犬と昔盗まれた自転車を探すついでに生きよう
好きな人いたんだ　そっか　気づかずに回送のバスに手を上げていた
神様に聞こえるくらい大声で泣けばいいじゃんどうせならほら
口内炎みたいな感じで君のこと忘れたいけどまた出来ている

ユーミンがもう歌ってる　特別な恋をしてると思ってたけど
講堂をオレンヂの光が包んでママさんバレーまだ終わらない
胃の中にチョコレートだけ詰め込めば涙が甘ったるくなる程に
止んでいることにも気づかず傘さしたまま君のこと考えている
忘れ物してる気がしてポケットで温められたリップ塗ってばかり
裏道の残雪わざと踏みつけて痛みを拡散させてる帰り
スピードは変わらないのに何回も押すエレベーター　君が待ってる
触れられた部分が全部心臓になって代わりに返事をしちゃう
「あきらめた」まだあきらめてはいないからだから何度も口に出して言う
空腹を通り越したら食欲がなくなるようにいつか笑える
小学校低学年の男の子みたいに繰り返している「バイバイ」
してもないピアス確かめてばかりいる　今日で君には逢えない気がする

好きすぎて割れてしまった風船のしぼんだ残骸ひろげて見ている
友達と大笑いした後とかにあなたのことを思い出します
大切なものは壊れやすくないと大切なものに相応しくない
笑っても心はいつもノーパンでスースーするからめくらないでね
犬みたいなシッポが欲しい　あのひとにうれしいって伝えられなかった
たくさんの色を混ぜたら灰色になった絵の具のような終章
あのひとに嫌われたのも君のせいにしてたごめんね私の脂肪
人生はシュレッダーじゃなく君だって紙じゃないから何度でもいける
営業を終えた車中でスネ夫から自分に戻るために聴く歌
放課後に見た夕焼けはこんなんじゃなかった気がする残業の窓
おじさんの自慢を聞いてるくらいならジャイアンリサイタルショーへ行こう
かわいけりゃ許されるなんて思ってはいないがブスよりマシだと思う

「カキーン」て音を聞いてる　スーツ着たままさぼってるおつかい帰り
あきらめた夢のひとつもある方が誰かに優しくなれる気がする
言ったからにはやらなくちゃホームラン予告のポーズを笑われたって
公園で遊んではいられないけれど私達にはセックスがある
辿り着くべき場所に自分が待ってる　早く未来に追いつかなくちゃ

柳澤真実（やなぎさわ・まなみ）は最初のマスノ短歌教信者だ。連載の第一回で彼女が登場したとき、「キューティ・コミック」編集部の担当Kさんは、彼女のことを枡野浩一が考えた架空の人物なのだと思っていたという。しかし真実さんはその名のとおり真実だった。平気で駄目な歌もつくる反面、とてつもないホームランを放つことがある。いくつかの歌はもう、枡野浩一の歌より断然すばらしい。私がマスノ短歌教の連載をスタートする気になったのは、彼女という「信者の理想形」がすでに存在したからだ。願わくは、柳澤真実が枡野浩一から、できるだけ遠く離れていってくれますように。

単行本あとがき（筆舌に尽くしたい！）

短歌をつくらなくても元気に生きていける人は、短歌をつくらないでほしいと思います。

……この短歌入門書の最後に、どうしてもそれだけは書いておきたかった。

つくるな！　と言われてもつくってしまう人だけがつくればいいものでしょう。短歌は。

そして、短歌づくりを長く続けることにも意義はあるけれど、長く続けることだけを目的にするのはつまらない。長く口ずさめる歌が一首でも誕生したら、それで充分だと思います。

〼

本書『かんたん短歌の作り方（マスノ短歌教を信じますの？）』の編集作業をしながら、三十二歳になりました。

九月生まれなので、毎年、夏が終わるたびに感傷的になります。今年は夏休みの宿題のように本書をつくっていて、感傷にひたるひまは少ししかありませんでした（少しはあった）。

誕生日は家族でカニを食べにいきました。去年は独り身だった私が、たった一年で二児の父になるなんて、おととしの自分におしえてもきっと信じないでしょう。漫画家の妻とは、本書のモトになった「キューティ・コミック」の連載が縁で知り合いました。連載原稿を読み返したら、色恋に浮かれたり落ち込んだりする自分の様子が生き生きと描かれていて笑ってしまった。枡野浩一さんが大好きな人と結婚できてよかったです。本書はリリー・フランキーさんとか松尾スズキさんとかのエッセイが好きな人にも、力強く……ではなく、力弱くなら、おすすめできるかもと思いました。カニ、美味しゅうございました。高かったけど。

〼

ありがとう♡

と書かれたカードを誕生日の前夜に読みました。日付はおととしの十月二十六日。「キューティ・コミック」の連載『マスノ短歌教』宛に、ペンネーム〈柚子〉さんから送られてきたもので、私の誕生日は九月二十三日だから一カ月おくれのバースデーカードです。本書の加筆訂正の参考にするため、昔送られてきた大量のハガキを整理していて見つけました。

〈忙しいのに封書でごめんなさい。でも、どうしても伝えたいキモチが有るので、今回だけ許してちょ♡　私はある事情で外へ出ることができません。なので、外界（笑）から置いていかれた気がして、めちゃめちゃクサっていました。だけど、私の歌（カキクケコロン）を教祖さんが取りあげてくれて、「生きてる」って実感することができました。（ホントの教祖みたい（笑））感謝の印に、（バースデーに）ズバリ「養命酒」を送ろう、と思ったのだけれど、いろいろ考えてヤメました。ごめんね。（って、謝るのも変か。）ホントのハニー（彼女）にたっぷりいたわってもらって下さい。ただ一応、心の中で「おめでとう」と言って、他の信者さんが何かするだろう、と思っていたのですが、メッセージだけでも伝えれば良かった、と後悔しました。だから、今言います。誕生日おめでとう。生まれてきてくれて、〉……ここで字が突然大きくなって、〈ありがとう♡〉。

☑

むくわれなかったあのころ、自分は元気だったと思います。私は幸せな自分というものに慣れていなくて、小さいことにくよくよしているほうが安心できる。つらいこと、かなしいことがあったほうが、その逆風に立ち向かおうとして元気が出るのです。

今、私は三十二年間生きてきた中で、前例がないくらい元気の出ない毎日を過ごしているのかもしれません。

浜崎あゆみさんが音楽誌で、好きな本として枡野浩一短歌集を挙げてくれました。小説家の野中柊さんが最新エッセイ集で、枡野浩一の短歌への愛を語ってくれました。ミュージシャンの朝日美穂さんが、大ファンですというメールを突然くれました。私はどんどん元気がなくなっていきます。最近出た『岩波現代短歌辞典』の「20世紀短歌史年表」には、歴史に残る一冊として（？）短歌集『ますの。』が載っていました。自宅に送られてきた雑誌をひらけば、〈今、男性で面白い文章を書く御三家はリリー・フランキー、松尾スズキ、そして枡野浩一だ。〉と書いてあります。ああ、かんべんしてくれ！　と、泣きたいくらいです。

□

短歌界に知り合いのほとんどいない特殊歌人として生きてきたのに、インターネットで出会った歌人の皆さんとあれこれ話をするようになり、その話になんとなく影響を受けながら本書の加筆訂正をしていきました。穂村弘さん、荻原裕幸さん……とりわけ幻の歌集『四月の魚』（まろうど社）が近々再版されるマルチ短詩人・正岡豊さんからは、並々ならぬ刺激を受けました。あんなに憎かった短歌界のこと、今は少ししか憎めません（少しは憎めます）。

この冬、寺山修司を輩出したことで知られる短歌雑誌「短歌研究」が、創刊七〇周年／通巻八〇〇号を記念して臨時増刊号「うたう」（短歌研究社）を刊行します。同誌が企画した短歌コンテスト（選考委員＝穂村弘、加藤治郎、坂井修一）に、本書「作品集」の寄稿者たち五名が応募し、全員が予選を通過、佐藤真由美さんが見事入選しました。私はこれからもますます元気をなくしていく、そんな予感がします。もう駄目かもしれません。

柚子さんは元気なんでしょうか。マスノ短歌教のこと、時々は思いだしてくれてるかな。

⧄

本書は難産でした。連載をまとめるだけだから簡単かもと思っていたのに、企画が立ち上がったとたん編集担当の鶴見智佳子さんが産休に入り（産休直前に企画が立ち上がったというのが正しい順序）、やがて一家の大黒柱である妻が産休に入り、妻の仕事のアシスタントをしてくれていた女性も産休に入り、しまいには私自身が「産休」宣言して仕事を大幅に減らし、さまざまな誕生にまみれまみれて、ようやっと産み出すことができた一冊です。

雑誌連載時の担当「Kさん」こと小林延江さん、行き届いたブックデザインをしてくださった篠田直樹さんほか、ご尽力いただいたあらゆる関係者の皆々様に感謝します。お元気で。

二〇〇〇年十月某日、かに道楽にて。

枡野浩一

作品集二〇一四

つぎの物語がはじまるまで

天野慶

恋という最小単位の宗教でどちらかならば信者でいたい
馬だった頃のあなたにあこがれてヒトとしてまた逢えてうれしい
ほしいのは勇気　たとえば金色のおりがみ折ってしまえる勇気
（既読スルーされませんよう）間違えたとたんに船が沈む計算
パピルスに初めて書かれた恋文と変わらぬ想いを受信しました
ヒマワリは夏しか知らない花だから光も熱もこぼさずに咲け
やさしいが頼りにならないあのひとはタオルケットのこころぼそさだ
夏草のなか透けてみた笑顔ならあげられるものすべてをあげる
いまはもう団地の底で眠ってる秘密基地には神様がいた

夕方は夕方用の地図がありキヨスクなどで売っております
かつてヒトだったすべてが見上げてる最初の花火に火が付けられる
この星でいちばん大きな観覧車さがす新婚旅行への朝
繋いだとしたって部分 それぞれが孤独な惑星だと知っている
次の物語が始まるまでの間を「ただちに」という言葉で繋ぐ
氷河期がゆっくりやってくるという やさしい雪が炉へと降り積む
靴下を重ねて履いて準備する守らなければ奪われるもの
温めた石を背中に置いてゆく悲しむ場所のひとつひとつに
通過した駅のホームにあのひとを見たような気がしたままにした
立ち止まりまた歩き出す子どもたち何かの種を埋めているのだ
平凡な奇跡を毎日くりかえしハッピーエンドのその先へゆく

「天野慶はマスノ短歌教のスパイだ」と単行本コメントに書かれてしまったおかげで、歌壇の行く先々で「枡野さんとはどういう関係なの？」と問い詰められました（忍者なのに真っ赤な出で立ちで潜入先で目立ってしまう絵本『あかにんじゃ』のよう。著者は歌人の穂村弘さん）。

「高校の先輩で……」「最近あまりお会いしていません……」などもにゃもにゃと逃げながらも「しかたがない、こうなったら峰不二子みたいな魅惑のスパイになろう」と開き直ったのが二十歳当時。

それから約十五年経ちましたが一向に色香が身につかないまま、歌壇のなかをぼやぼやと歩いています。

脇川飛鳥さん、天道なおさん、そしてたくさんのイラストレーターの方たちと、いろんな意味でカラフルな歌集『テノヒラタンカ』を出したり、絵本作家のはまのゆかさんとＷＥＢアニメーション短歌「こどものとき」を連載したり。マスノさんの精神（？）を引き継いで従来の短歌のイメージからはちょっぴり外れたことをする一方、

「朝日小学生新聞」での百人一首の解説の連載、「NHK短歌」テキストの「ジセダイタンカ」という若者の歌を紹介するページの責任編集、という仕事もさせていただいています。

短歌結社の「同人」(「会員」のひとつ上の欄です)にもなり、同じ結社の人と結婚し、三人の子どもにも恵まれ、潜入先になじんでスパイであることをすっかり忘れて……しまう前に、こうしてまた文庫本のためのお声が掛かりました。

ひさびさのミッション、嬉しかったです。

短歌人会同人。「ちはやふる」(講談社／末次由紀)への短歌提供やイラスト付きカルタ「はじめての百人一首」(幻冬舎エデュケーション)の考案なども。近刊は『百人一首百うたがたり』(幻冬舎エデュケーション)『エピソードでおぼえる！百人一首おけいこ帖』(朝日学生時間社)。

10年以上後

加藤千恵

欲しいものがどんどん変わるわたしたち　10年後など予想できない
次々と思い出になっていく景色　消したいものも愛しいものも
この場所が海だったように教室は確かにわたしたちのものだった
そんなわけないけどあたし自分だけはずっと16だと思ってた
広辞苑にも載ってないあたしたちだけの言葉があればいいのに
傷ついたほうが偉いと思ってる人はあっちへ行ってください
投げつけたペットボトルが足元に転がっていてとてもかなしい
3人で傘もささずに歩いてる　いつかばらけることを知ってる
被害者になるのが上手なんですね　特技の欄に書けばいいのに

上等だ　あたしはあなたに出会えたし2人で笑い合ったりできた
目に見えるすべてのものをしっかりと記憶したくてまばたきをした
幸せにならなきゃだめだ　誰一人残すことなく省くことなく
まっピンクのカバンを持って走ってる　楽しい方があたしの道だ

枡野さんのこと

時々、人から「枡野さんってどういう人ですか?」と訊ねられることがある。そのたびに「すごく優しい人です」と答えているのだけれど、ちょっと意外そうな顔をされたりする。怖いイメージを抱かれがちなのだろう。

そもそもわたしが、初めての本となる『ハッピーアイスクリーム』を出版することになったのは、枡野さんがいたからだ。もともと彼の短歌のファンだったわたしは、彼のホームページや出演するテレビ番組などに短歌を投稿して、自作のホームページでも発表していたのだけれど、枡野さんがそれを気に入ってくれて、わざわざ出版社にわたしの短歌を持ち込んでくださり、出版の話を実現させたのだ。こんなふうにデビューした文筆家を、自分以外にわたしは知らない。今わたしは、作家と呼ばれる職業につき、文章を書いて生活しているのだけれど、彼がいなかったら、まるで違う人生だった。まぎれもなく。

枡野さんは、自分が加藤千恵の短歌集を読みたいからそうしただけだと以前話してくれたけれど、それだけじゃないと思う。きっと枡野さんはかつて、別の誰かにそうしてもらいたかったのだ。

自分がしてほしいことを相手にもする。なんてシンプルで美しい優しさの形！『かんたん短歌の作り方』もまた、彼のそんな優しさが随所ににじみ出た一冊だと思う。どんなアドバイスも、枡野さん自身が、自分ならどうするかということを踏まえて考えた上で書かれているように見える。

枡野さんのように厄介な人はなかなかいないけれど、同時に、枡野さんのような優しさを持っている人もなかなかいない。本当に、優しい人なのだ。

一九八三年北海道生まれ。短歌集『ハッピーアイスクリーム』（現在は集英社文庫）で高校生歌人としてデビュー。短歌以外にも、小説、詩、エッセイなどのジャンルで活動中。最新刊に漫画家・オカヤイヅミ氏との共著『ごはんの時間割』（講談社）。

自選十七首

佐藤真由美

泣き顔を見られないよう走るときハイヒールってけっこう速い

三回も食事したからバレてるよ　生春巻とわたしが好きね

やれそうと思われたのは悔しいが事実やったんだからまあいい

百錠は飲み過ぎだった　痛いのを我慢できないあなたにしても

ハンサムなしょくぱんまんを好きになるように娘は育てるつもり

『プライベート』

イヤリングをお確かめくださいという暗号で動くスパイが電車の中に

女の子らしいと思い高2までイチゴが好きなふりをしました

どん底にタッチしてからまた浮かぶつもりだったのに深い深い

東京の夜は七時で退屈はみんなのものでテレビは光る
　　　　　　　　　　　　　　　　　　　　　　『きっと恋のせい』
口にしたとたんにそれじゃ足りなくて嘘になるから好きと言えない
前もってするとわかっていたときも後悔という名前でしょうか
見下ろした夜景に身を投げたいように愛とか恋じゃなくて衝動
愛されている人がみなうらやましい　家に三人男がいても
ぴくるすはさびしくないか　スパイスは自分に満足してるだろうか
　　　　　　　　　　　　　　　　　『恋ばっかりもしてられない』
モノクロになった世界に自分から色をつけ始めていく勇気
世の中に悪意と無関心があり黄色い線の内側に立つ
雪は降る　人は忘れる　生きていて生きていく　明日も来年も
　　　　　　　　　　　　　　　　　　　　（二〇一一年以降）

もし『かんたん短歌の作り方』がなかったとしても、加藤千恵ちゃんは世に出ていたし、天野慶ちゃんは短歌を詠んでいたし、枡野さんも枡野さんだったと思います。でも、わたしは枡野さんがいなかったら、絶対に短歌など作らないし、新聞で連載もしないし、エッセイや小説を書くこともなく、たくさんの幸運と恵まれたご縁によって知り合った多くの方と出会うこともできなかったでしょう。

金髪に赤いバンダナをして前のめりに歩いていたわたしが、十余年で髪型や服装が変わったとしても、何か別なものになったような気はいたしません。書くことは、自分を見つめ、発見すること。わたしにとっては、自分の人生を誰かのせいにしたりせずに楽しむことです。『かんたん短歌の作り方』には、その方法が正しくわかりやすく記されています。読者の皆様がたった一人の自分、一度きりの人生を、短歌との出会いによって、わたし同様に楽しんでくだされば幸いです。

二〇〇二年枡野浩一監修によりデビュー短歌集『プライベート』（現在は集英社文庫）を上梓。以後、エッセイや小説、作詞に活動の幅を広げる。主な著書に『恋する短歌』『恋する歌音』『恋する四字熟語』『恋する世界文学』『恋する言ノ葉』（以上、集英社文庫）『恋ばっかりもしてられない』（幻冬舎文庫）、共著『嘘つき。――やさしい嘘十話』（メディアファクトリー）など。

文庫本あとがき

単行本『かんたん短歌の作り方』は二〇〇〇年に刊行されました。今は二〇一四年です。

二〇〇〇年に生まれた人は今年、中学二年生か三年生ですね。この気の遠くなる時の流れを前に、いったい何から説明を始めるべきなのか……「途方に暮れる」という慣用句はまさに、こういうときのためにつくられたのでしょう。

本書に登場する実在の人物にも、いくらかの注釈が必要かもしれません。やなせ・たかしさんやナンシー関さんは亡くなりました。ふかわりょうさんと私は、のちにラジオやテレビで何度も共演しました。橘いずみさんは榊英雄さんと結婚して榊いずみさんになりました。むらやまじゅん（村山淳）さんはのちに私と格言絵本『結婚するって本当ですか?』（朝日新聞社）を出したけれど売れず、最近はメンタリストDaiGoさんのプロデューサーとして有名です。土佐有明さんや中村圭佑さんは今も演劇を一緒に観にいく友達です。

単行本『かんたん短歌の作り方』刊行時の私は三十二歳でした。今は四十五歳。毎週金曜、ＢＳフジの番組「珈琲歌人」に出ています。

その番組では珈琲と本にまつわる短歌を即興で詠んでいます。それらのいくつかは、十四年前の自分に《暗記できないような駄作を人に読ませるな!》と叱られてしまうような作風かもしれません。古文調や歴史的仮名遣いの短歌にも昔よりは寛大になりました。当時は現代語だけで短歌をつくる歌人はそれほど多くなかったのです。それゆえ「あなたの短歌はだれだれに似ている」といった意味合いの発言をよくしていますが、現代語の短歌が大量に詠まれるようになった今、「それくらいの似方で似ているとか言っていたらキリがないな」と苦笑したくなってしまいます。

私の最新短歌集『歌』（雷鳥社）は、小説家として「すばる」誌でデビューしたばかりの映画監督、杉田協士さんの写真とのコラボレーションです。『ますの。』（実業之日本社）からじつに十三年ぶりの短歌集になりました。短歌は量産できません。一生に一首でいい、くらいの気持ちでいたほうが賢明です。

現在の私は出版界ではもっぱら、短歌を詠む若者たちを主人公にした青春小説『ショートソング』(集英社文庫)の作者として知られています。あるいは、加藤千恵さんや佐藤真由美さんの、最初の短歌集の監修者として名前を知ったという方もいるでしょうか。

ツイッター発の詩集『くじけな』（文藝春秋）の作者として名前を知った方もいるでしょうし、五反田団などの演劇公演の出演者として初めて接した方もいるのかもしれません。

加藤あいさんと一緒にテレビ・コマーシャルにも出ましたし、松尾スズキさんほかの監督した映画にも出ました。しかし、短歌界では基本「いないこと」にされていて、プロの歌人になって初めてもらった賞は、明石家さんまさんのテレビ番組『踊る！さんま御殿!!』の「踊る！ヒット賞」です。最近は短歌をより広めるためにお笑い芸人も始めました。片手間にやっているわけではなく、毎週なにかしらのライブに出演するほど本気でやっています。ソニー・ミュージックアーティスツ所属。

高校の国語教科書（明治書院）に二〇一三年、《毎日のように手紙は来るけれどあなた以外の人からである》という代表作が掲載されました。その短歌の前半『毎日のように手紙は来るけれど』を名前にした有料メールマガジンを毎日発行し、三年以上が経ちます。

＊

思えば三十二歳の若さで短歌入門書を出すというのは異常な事態だったかもしれません。穂村弘さんが文庫版『短歌という爆弾』（小学館文庫／解説＝枡野浩一）の中で、《（枡野浩一は）歌壇に完全に背を向けて存在感を維持できた初めての歌人ですよね》と指摘してくださっています。事実かもしれません。

穂村さんの名著も含め、歌壇にいる歌人が書いた短歌入門書は、私には難しすぎる気がしました（つい先日刊行された穂村弘監修の成美堂出版『はじめての短歌』は初心者向けでわかりやすかったですが、自分の短歌観とは大きくずれた内容で興味深かったです）。

ちなみに初心者は小さな「ゃ」「ゅ」「ょ」「ァ」「ィ」「ゥ」「ェ」「ォ」や「！」などを文字数として数えるかどうかも知らないものです（これらは数えません。ただし、小さな「っ」や、音を伸ばすときの「ー」は一文字と数えます。声に出してみてください。「ちぇっ！」は二文字。文字数というより音数、と覚えておくとまちがいがありません）。

自分なりにゼロから新しい「宗教」を立ち上げるようにして書いたのが『かんたん短歌の作り方』でした。本書に登場する「マスノ短歌教」は架空の宗教であり、宗教法人化しているわけではないことを明記しておきます。

最近はインターネットに口語短歌（現代語による短歌）があふれています。この『かんたん短歌の作り方』を読まず、枡野浩一の短歌も知らずに短歌をつくっている方も多いと思います。それはそれで一向に構わないのですが、ある一人の歌人の悪戦苦闘ぶりが、皆様の活動のヒントになれたとしたら幸いです。

＊

単行本『かんたん短歌の作り方』の表紙および挿絵は、当時の配偶者である南Q太さんが担当してくれていました。というより、本書の雑誌連載時に挿絵を担当してくれていたことがきっかけとなり、結婚に至ったのです。

このような場で書くべきことではないとわかってはいるのですが、私が人間として未熟だったために結婚生活を続けることができず、申しわけありませんでした。読者の方も、現在は離婚済みであるという情報をふまえて本書を読み返すと、「複雑な気持ち」になるかもしれません。かようなノイズにまみれた短歌入門書が一冊くらいはこの世にあってもいいと思いますが、とにかく各方面に深謝したい気持ちでいっぱいです。文庫化にあたり、後藤グミさんに新たな装画と挿画（手描き文字も）をお願いしました。その可愛らしさに救われる思いです。

著者の見た目も、さまざまな遍歴を経て今に至りますが、そのおりおりの姿もインターネットを検索すれば見られるのではと思います。

今はなき「キューティ・コミック」連載をまとめたという経緯に鑑み、単行本には、おかざき真里さん、小栗左多里さん、鴨居まさねさん、かわかみじゅんこさん、魚喃《ななん》キリコさん、南Q太さんの「単行本化のお祝い漫画（イラスト）とコメント」が載っていましたが（編集プロダクション「シュークリーム」の小林延江さんにお世話になりました）、文庫化にあたって割愛しました。もし古本屋で単行本を見かけることがあったら立ち読みしてみてください。愛のある楽しいページです。

本書は文庫化の話を、数年前にもいただいたことがあります。その時点で私が離婚してしまっていたため、「結婚相手との出会いのドキュメント」といった側面を持つ本書と向き合う勇気が持てませんでした。本書の文庫化の代わりに、最初から（単行本を経ずに）文庫本として刊行したのが、二〇〇七年刊の『一人で始める短歌入門』

（ちくま文庫）です。読者の方はどちらから先に手にとっていただいても問題ないとは思いますが、書かれた順番の覚え書きとして、ご留意ください。

＊

単行本の「作品集」コーナーに寄稿してくれた新鋭歌人たちのうち幾人かは現在、私よりも活躍しています。代表して天野慶さん、加藤千恵さん、佐藤真由美さんに、二〇一四年の「近況」他を書き下ろしていただきました。ますますのご活躍を期待しております。

ほかの歌人たちも、脇川飛鳥さんは穂村弘さんの複数の著作に短歌が紹介されたりして注目されていますし、柳澤真実さんは私の短歌小説『ショートソング』に作品が引用され、新たなファンを増やしています。梅本直志さんは独自の形態の短歌集をリリースしました（ネット検索してみてください）。isこと伊勢谷小枝子さんは『平熱ボタン』（あざみ書房）を刊行、同書は現在までのところ枡野浩一が解説を書いた唯一の短歌集であり、阿佐ヶ谷の枡野書店でも販売中。

＊

そういえば『かんたん短歌の作り方』には、いわゆる歌壇にいる歌人の短歌は、二首しか引用していませんでした。しかも初版時、二首のうち一首に重大な誤植がありました。つまり、じつに五〇％がまちがっていたという恐ろしさでした。奥村晃作様、「自動車」を「自転車」と誤記してしまい、ほんとうにすみませんでした。今、ネット上に転載・引用されている枡野浩一の短歌の、九割方に誤記があります。きっと万葉集なんかは、ほぼ一〇〇％の短歌がまちがっているはず。そのくらい不確かで曖昧なものを私たちは、これからも「歴史」として背負っていくのでしょう。

文庫化にあたって、拙著『ショートソング』に重要な短歌連作を提供していただいた宇都宮敦氏がインターネットに発表した批評文、「その先の「かんたん短歌」」を収録させていただきました。また、『ショートソング』の企画者であり、「星野しずる」「あらら文庫」など一言では説明できない革新的な短歌活動（ネット検索してみてください）で知られる佐々木あらら氏に、文庫解説をお願いしました。あらら氏には編集に関する諸々も手伝っていただいています。短歌は一人でやるものだと信じて続けてきましたが、実際には多くの方々に支えられていました。文庫化は単行本同様、筑摩書房の鶴見智佳子さんのお手をわずらわせました。この場をお借りして関係者各位に、そしてなによりも今これを読んでいる皆様へ、感謝します。

二〇一四年五月某日

六月上演のミュージカル「耳のトンネル」(FUKAIPRODUCE羽衣)の稽古場である吉祥寺シアターに出かける直前、枡野書店にて。

枡野浩一(歌人)

その先の「かんたん短歌」

宇都宮敦

死ぬほどの悲しみじゃないということが生きてくことを難しくする

この短歌を読んでみなさんはどういう感想をもつだろうか。きっとここを読むような人の多くは、おもしろいとかつまらないといった感想をもつ前に、枡野浩一の短歌に似ているって感じると思う。実はこれ、僕が初心者のころつくった歌なんだけど、自分では、けっこう完成度の高い歌だと思っていて、それでも、枡野さんの影響うけすぎだよなー、って自己チェックのすえ、お蔵入りとしていたものだ。

枡野浩一の短歌の特徴を一語であらわすとしたら、（当然例外もあるが）〈いま使われている書き言葉で書かれた切れ目のない一文にみえる５７５７７ぴったりの短歌〉となるだろう。一語で書こうとして、無理のある日本語になっているけど。これは「かんたん短歌」の説明に見えるかもしれないけれど、やっぱり枡野浩一の短歌の説明といえる。なんの考えもなしに〈　〉内の説明どおりにつくると、冒頭の歌のように、枡野浩一もどきの歌になってしまう。それは、〈　〉が、かんたん短歌の大目標、「簡単なのに感嘆できる短歌」であるための手法であると同時に、暗に短歌の生命線であるリズムも規定しているからだ。現代書き言葉で切れ目のない５７５７７をつくると、どうやっても、音楽用語でいったら短調（単調でないよ）でかつデクレッシェンドがかかっているような旋律になる。どの歌を挙げてもいいんだけど、たとえば、

こんなにもふざけたきょうがある以上どんなあすでもありうるだろう

枡野浩一

このリズムが、怒りや悲しみややるせなさを鎮静化するという詩的効果をあげていて、いま、かるい気持ちで詩的効果なんて書いてしまったけど、〈　〉の中の内容はアン

チ・ポエジー（詩的であることの否定）の表明であるのに、リズムの部分で詩にするという二面性をもっていて、このことが枡野の短歌の魅力のひとつになっている。しかし、この〈　〉を作歌作法としてしまうことは、ちょっと言葉のセンスがあって自分でもなにかやりたいなって思っている者にとって大きな罠となる。短歌をつくるおもしろさってのは何かと言ったら、５７５７７の定型と戦っているうちに自分の本当の気持ちに気づけるってことだと思う。はじめに書こうとしたことが、５７５７７のとおりなんてほとんどない、だから、あわせようと、語彙をかえたり順番をかえたりする、ようやく５７５７７にあったけどなんかちがう、また言葉をいじる、５７５７７からはずれた、直す、そんなことを繰り返しようやくこれでいいんじゃないかと思える頃には、はじめに書こうとしたことよりずいぶん遠くにきている、でも、ずいぶん遠くのここのほうがスタート地点よりも本当に近い気がする、と、こんな感じで。ただここで注意したいのは、自分の本当の気持ちに近づくことと定型に気持ちを合わせてしまうということは別のことだということだ。短歌において気持ちとリズムは不可離の関係なので、リズムが規定されていると、よほど強い意志をもたないかぎり、気持ちも規定されてしまう。つまり〈　〉のようにつくると、気持ちも枡野浩一っぽくなる。〈　〉は、枡野さんが自分の言いたいことを言うために定型と戦って手に入れたものであるから価値がある。それなのに、それをトップダウン的に使い、自分の言いたいことを合わせにいけば枡野浩一みたいな短歌になるけれど、その実は全く別ものだろう。冒頭の僕の短歌みたいに。

ここまで形と気持ちについてみてきたけれど内容についても考えてみよう。「簡単なのに感嘆できる短歌」を目指すことは「わかりやすさ」を目指すことと同じ意味と捉えられがちだけど、ここにひとつ大きな勘違いがあると僕には思える。

こんなにもふざけたきょうがある以上どんなあすでもありうるだろう

さきほどあげたこの短歌にもう一回登場してもらうと、この短歌はたしかに意味はわかりやすい。この歌の読みを書こうとしたら「こんなにもふざけた今日がある以上どんなあすでもありうるだろう」と短歌そのままの繰り返しを書くしかない。でも、「どんなあす」が、今日よりまともな日なのかもっとふざけた日になるのかはわからない。一読目はどんな人もどちらか一方（その人の置かれている状況や個性でどちらか読みたいほう）で読むだろう。そして、少し間をおいて、逆の含みもあることに気づく。それによって自分の読みたい方向（すなわち、自分の置かれてる状況や個性）が相対化されて、おーっと感嘆する。このように枡野浩一の短歌において、一読してわかるのは意味だけでつねにおもしろさは遅れてやってくる。というか、この時間差がおもしろさだとも言える。多くの枡野フォロワーがしくじるのはたいていここで、一読して意味もおもしろさもわかるように作ろうとして、結果、わかるけれどつまらない短歌をつくってしまう。簡単（わかりやすさ）と感嘆（おもしろさ）は等号記号で並記できるものではなく、簡単は感嘆に従属しているものなのだ。意味のわかりやすさ、一読して意味がつかめることが大事なのは、遅れてくるおもしろさのためであって、読者への媚びではない。媚びとサービスは違う。

死ぬほどの悲しみじゃないということが生きてくことを難しくする

この歌、意味は書かれている以上のものはない。でも、死ぬほどの悲しみだったら死んじゃうんだって、言わば当たり前すぎる気づきがあとからやってきて、人によってそこに絶望を感じたり希望を感じたりする。なんか自分で解説書いていて、いい歌な気もしてきたけれど、やっぱりだめだと思う。この歌、リズムと気持ちだけでなくて、おもしろさの産み出し方も枡野浩一的なのだ。そして問題は、枡野浩一以外の人間が枡野浩一的おもしろさを追求して本当におもしろいのかってところにある。

ここまでの文章、かんたん短歌否定のように見えるだろうか。よくできたかんたん短歌は結局、枡野浩一もどきにしかならないことを長々証明してきたように見えるかもしれない。でもここで言いたかったのは、枡野さんの歌を本当にいいなと思っているのなら、その意匠ではなく、スピリットの部分を継承するべきなのでは、ってことだ。「かんたん短歌」の反対にあるのは「短歌らしい短歌」と言っていいと思う。「短歌らしい短歌」なんてそんなもんはないと反論する人がいるかもしれない。僕もそう思う。でも、ありもしない「短歌らしさ」をなぞることが「短歌」を作ることと同じ意味だと考えられている場合があるとも思う。「男らしい」「女らしい」「日本人らしい」、なんでもいいけど「らしい」はその本質からもっとも遠い。「短歌らしい短歌」、そんなものはないかもしれないけれど無意識のうちに、「短歌らしさ」に逃げ込んでしまってはいないか、それは「短歌」からもっとも遠いんじゃないか、自分のやりたいことは本当にこういうことなのかって問いかけのすえに、枡野浩一は枡野浩一になったのだろう。

枡野浩一をきっかけに短歌を作り始めた人間は、その後、二極化するように思える。一方は、上記のことをまったく疑うことなく、かんたん短歌はすばらしい、って原理主義的に盲信する人。もう一方は、上記のようなことを中途半端に考えて、かんたん短歌に絶望し、それまでの共感が全否定にひっくりかえる人。僕には、後者が「短歌らしさ」に逃げ込んでいるふうにみえるし、前者も実は「かんたん短歌らしさ」に逃げ込んでいるだけに思える。でもそれは「短歌らしさ」を疑うことで成立した（と思える）かんたん短歌からもっとも遠い。自分の本当の気持ちはどんなだろうって短歌を使って考えたり、新しいおもしろさを作ってみようって考えたら、どちらの道にも進まないはずなんだけど。実際は、なんか違うなと思いながらも、どうやってそこから抜け出せばいいのかわからないというのが本当のところなのかもしれない。そういう人は、上で形（リズム）と気持ちと内容ってみてみたけど、形からいろいろやってみればいいと思う。話し言葉をいっぱい使ってみたらどうか、文の切れ目をいれてみればどうか、句割れ・句またがりを使ってみる、etc、etc。そこまでやってみて、それでもしっくりこない。意味が通らなくてもいいからもっとテンションの高い言葉を使ってみる？　それとも、昔の言葉を使ってみる？　「簡単なのに感嘆」ではなくなったけど、それを代償にする価値がこの歌にある？　ここまで考えているなら「短歌らしさ」に逃げているなんて僕は思わないし、逆に、いろいろやったすえに、〈ｺﾚ〉で書いたような短歌を作ったとしても枡野さんとはまた違ったおもしろさのある短歌ができるかもしれない。ここに書いたようなことはたしかにしんどい。でも、このしんどさこそがおもしろさだと思えないようだったら、短歌をやっている意味はない。

最後にひとつ。ここまで読んで、でも、わたしはそんなだいそれたことは考えてなくて、ただ枡野さんに採ってもらいたいだけなんです、という人がいるかもしれない。だけど、そういう人はなおさらここに書いてあるようなことを考えたほうがいいと思う（といっても、文語旧かなまでいってしまって枡野さんに投稿するのはちょっとズレてる気がするけど）。枡野浩一風の短歌を作って、あるいは枡野さんのアドバイスに優等生的に従ってるだけで、枡野さんに採ってもらうのは難しい。むかし、NHKの「ようこそ先輩」に枡野さんが出て、母校の小学生に対して短歌を教えていたときのこと（記憶で書くので細かいところは間違えてるかもしれません）。「友達を励ます短歌」という課題に対して、多くの生徒が「大丈夫」という直接的な言葉を書いてくる。すると、こんな中身のない言葉で自分は励まされますか（反語）、と枡野さんは言い、「大丈夫」を使用禁止にする。そのあと、生徒の短歌は急激におもしろくなるのだけど、それをテレビで見ていた僕は、おーさすが、と思うと同時に、だけど、と思ったのです。だったら、そのペラくて何の力もない言葉は僕が引き受けようって。そして、当時、他の部分は完成していたのにどうしても初句がしっくりこなかった短歌の初句におきました。そういう感じである意味、枡野さんの忠告にまっこうから逆らったその短歌は、しかしその後、枡野さんによく引用してもらってます。

だいじょうぶ　急ぐ旅ではないのだし　急いでないし　旅でもないし

「枡野浩一のかんたん短歌ｂｌｏｇ」（二〇〇八年一月五日）
http://masuno-tanka.cocolog-nifty.com/blog/2008/01/post.html

解説　読めば作りたくなる

佐々木あらら（歌人）

人間は入門するのが大好きだ。漢字の形がよく似ているのも偶然じゃないかも、と思うほどに。

もしかしたら、この本を手にとったあなたも今まさに短歌の世界に「入門」したいと思っているかもしれない。ようこそ。僕も十年前に同じ門の前に立った者です。

単行本『かんたん短歌の作り方（マスノ短歌教を信じますの？）』が二〇〇〇年に刊行された後も、枡野さんは「かんたん短歌」のルールで作る短歌の普及活動を続けていた。電子掲示板（というものがあった）、メーリングリスト（というものがあった）、ブログへのトラックバック（というものが）……。まったく、十四年という歳月はいろいろなものを懐かしくさせてしまうものですね。

ともかく、二〇〇四年「枡野浩一のかんたん短歌 blog」に僕は初めて短歌を投稿した。短歌のことなんて何も知らなかったけど、ヘンな世界があるものだな、うまいことを言う人は多いものだな……ぐらいのスタートだった。何がいい短歌で、何が悪い短歌なのかも、正直ちんぷんかんぷんだった。たとえば、

おじさんとだるまを投げて遊んだらだるまが割れてとても悲しい　（青木麦生）

なんて歌がウケていたが、僕にはよくわからなかった（今は困ったことに面白さがわかってしまうんだけど）。できればあなたもその頃の僕ぐらいに鑑賞力の低い仲間であってくれ、と願う。そういう人にも届くような短歌をつくることこそ、今、本書を開いてしまったあなたが始めたゲームのミッションなのだから。

本書の一貫したテーマは、言葉を、できるだけ遠くに届けるための方法だ。見知らぬ人、短歌に興味がない人、日常のほとんどの言葉をものすごい速さで流し読みしている人。そういう人の目を止め、心を釘付けにする言葉。そんなムチャな言葉を生み

出す挑戦のためのガイドブックだ。詳細はこれ以上ないほど丁寧に書かれた本文に譲るが、なぜ現代語の散文と同じ言葉を使ったほうがいいのか、正しい「てにをは」が大切なのかという理由も、すべてはこの「できるだけ遠くに届ける」というテーマに集約される。

この本を読めば、間違いなく、自分で短歌を作ってみたくなる。大嫌いな人にも届く言葉で短歌をつくらなくては意味がありません（194ページ）なんて言われても、仲の良い知り合いや、できれば短歌のことをわかってくれそうな友人に見せたくなる。

今は「同好の士」が簡単に見つかる時代だ。たとえばツイッターで「短歌」「#tanka」などのワードを検索し、気に入った作者をフォローしていけば、あなたの周りに短歌友達はすぐに増えていく。今の世の中で孤独のまま報われぬまま何年も創作を続けるのは、よほど計画的に自分を追い込まないと無理なんじゃないだろうか。創作が原理的に孤独な作業なのだとしても、二〇人の短歌友達がいたら二〇人に「読んでもらえてしまう」。

そしてそこにはトラップが潜んでいる。「短歌をつくる仲間たちにいつも囲まれていると、その仲間たちの「読解力」があまりに優れているために、つまらない短歌をつくっても「面白い」とほめられてしまったりするのではないか」(228ページ)ガーン。仰る通り。なんて未来を先取りしている本なんだ。

この本は一四年前の本なので、確かに少し状況が違っていることもある。現代語で短歌を作る歌人は格段に増えたし、枡野さんはお笑い芸人としての成功を目指し始めた。でもそんなこと以上に変わったのは「自分の作品を発表する」方法が多様化してきたことだろう。

「国産車一台を買うくらいのお金がかかる」(224ページ)ような自費出版でなくても、DTPの進化のおかげでミニコミ誌のような冊子を安価に作れるようになった。出来上がった歌集を売る個人通販サイトだって少額の手数料で簡単に開ける。またミニコミ誌・インディーズ本の委託販売をする本屋さんも少しずつ増えている。また「文学フリマ(コミケの文学版みたいなの)」も年々にぎやかになっていて、短歌コーナーはいつも人だかりだ。

さらに、いわゆる「本」の形にこだわらなければ、キンドル・デスクトップ・パブリッシング(KDP)のように手軽に自費電子出版する方法もあれば、「ネットプリント」という、送信すれば日本中のセブン・イレブンからプリントアウトできるサービスだってある。もっと割り切ってしまえばブログやツイッターで一首ずつネットに発表するだけで、どこかにいる誰かに見せることができる。

本書のメインパートは「漫画雑誌の編集部に郵送で短歌を応募する」という形式だ。それと比べて、ああ、僕たちはなんと進化した世界に来てしまったんだろう。

でも、これぐらい「簡単に発表できる世界」では、発表の手法が問われるようになってくる。誰でも短歌を発表できるということは、ちょっとやそっとの出来の短歌をありきたりの方法で見せても、誰の胸にも残らないということでもあるからだ。

どうすればいいのか。それを開拓することこそが、実は、今の歌人に求められていることでもある。

たとえば、最初に引用した青木麦生は、その後、川の護岸や街路樹、道路などに短歌を貼るというスタイルでの発表を続けており、アートの世界で注目され始めた。短歌をまったく知らない街の人々の脳内に疑問符を植え付ける、実に「詩」らしい仕事だ。

そういう歌人に出会うたび、僕はこの『かんたん短歌の作り方』に書かれた、ストイックなまでに頑丈に短歌をつくることの重要さを改めて感じ、もっと遠い自分の知らない場所に短歌の読者はいるのだという気持ちになる。

「入門」というのは入り口だけで出口がないからずるい。いつの間にかやめてしまうか、出口のない魔宮の中をうろうろし続けるか、どちらかしかない。

たぶん、あなたもうろうろすると思う。複雑に入り組んだ短歌の世界は、路地に迷い込めばすぐに遠目がきかなくなってしまう。僕だっていつもそうだ。

そうなった時に「ちょっと前、まだ迷子になってなかった頃」まで時間を戻してくれるセーブポイントとして、本書を手元にキープしておいてほしいと。

枡野浩一の短歌の代表作

好きだった雨、雨だったあのころの日々、あのころの日々だった君

毎日のように手紙は来るけれどあなた以外の人からである

満開の桜をゆうべ見たけれど梅だったのか夢だったのか

かなしみはだれのものでもありがちでありふれていておもしろくない

こんなにもふざけたきょうがある以上どんなあすでもありうるだろう

結果より過程が大事　「カルピス」と「冷めてしまったホットカルピス」

ハッピーじゃないエンドでも面白い映画みたいに　よい人生を

殺したいやつがいるのでしばらくは目標のある人生である

今夜どしゃぶりは屋根など突きぬけて俺の背中ではじけるべきだ

わけもなく家出したくてたまらない　一人暮らしの部屋にいるのに

「このネコをさがして」という貼り紙がノッポの俺の腰の高さに
手荷物の重みを命綱にして通過電車を見送っている

本人が読む場所に書く陰口はその本人に甘えた言葉

振り上げた握りこぶしはグーのまま振り上げておけ相手はパーだ

君はそのとても苦しい言いわけで自分自身をだませるのかい？

無理してる自分の無理も自分だと思う自分も無理する自分

「ライターになる方法をおしえて」と訊くような子はなれないでしょう
書くことは呼吸だからいつだってただただ呼吸困難だった

色恋の成就しなさにくらべれば　仕事は終わる　やりさえすれば

絶倫のバイセクシャルに変身し全人類と愛し合いたい

だれからも愛されないということの自由気ままを誇りつつ咲け
あじさいがぶつかりそうな大きさで咲いていて今ぶつかったとこ

さよならをあなたの声で聞きたくてあなたと出会う必要がある

真夜中の電話に出ると「もうぼくをさがさないで」とウォーリーの声

だれだって欲しいよ　だけど本当はないものなんだ　「どこでもドア」は

気づくとは傷つくことだ　刺青のごとく言葉を胸に刻んで

またいつかはるかかなたですれちがうだれかの歌を僕が歌った

雨上がりの夜の吉祥寺が好きだ　街路樹に鳴く鳥が見えない

私には才能がある気がします　それは勇気のようなものです

気をつけていってらっしゃい　行きよりも明るい帰路になりますように

※インターネットで意見を募り、短歌を選びました。並び順も複数の方に考えていただき、杉山理紀さんの考えた並び順（および追加の取捨）で、現時点の代表作三十首の連作とします。短歌が多く掲載されている主な自著は次頁のとおりです（枡野浩一）。

『てのりくじら』（実業之日本社）
『ドレミふぁんくしょんドロップ』（実業之日本社）
『ますの。』（実業之日本社）
『ハッピーロンリーウォーリーソング』（角川文庫）
『57577　Go city, go city, city!』（角川文庫）
『君の鳥は歌を歌える』（マガジンハウス／角川文庫）
『ショートソング』（集英社文庫）
『淋しいのはお前だけじゃな』（集英社文庫）
『もう頬づえをついてもいいですか？』（実業之日本社文庫）
『結婚失格』（講談社文庫）
『あるきかたがただしくない』（朝日新聞社）
『金紙＆銀紙の　似ているだけじゃダメかしら？』（リトル・モア）
『すれちがうとき聴いた歌』（リトル・モア）
『歌　ロングロングショートソングロング』（雷鳥社）

本書は、二〇〇〇年一一月に筑摩書房より刊行されたものを最編集し、
作品集二〇一四、その先の「かんたん短歌」を加えた。

これで古典がよくわかる　橋本治

古典文学に親しめず、興味を持てない人たちは少なくない。どうすれば古典が「わかる」ようになるかを具体例を挙げ、教授する最良の入門書。

恋する伊勢物語　俵万智

恋愛のパターンは今も昔も変わらない。恋がいっぱいの歌物語の世界に案内する、ロマンチックでユーモラスな古典エッセイ。（武藤康史）

倚りかからず　茨木のり子

もはや／いかなる権威にも倚りかかりたくはない……話題の単行本に3篇の詩を加え、高瀬省三氏の絵を添えて贈る決定版詩集。（山根基世）

茨木のり子集　言の葉（全3冊）　茨木のり子

しなやかに凜と生きた詩人の歩みの跡を、詩とエッセイで編んだ自選作品集。単行本未収録の作品なども収め、魅力の全貌をコンパクトに纏める。

詩ってなんだろう　谷川俊太郎

谷川さんはどう考えているのだろう。その道筋にそって詩を集め、選び、配列し、詩とは何かを考えるおおもとを示しました。（華恵）

笑う子規　正岡子規＋天野祐吉＋南伸坊

「弘法は何と書きしぞ筆始」「猫老て鼠もとらず置火燵」。天野さんのユニークなコメント、南さんの豪快な絵を添えて贈る愉快な子規句集。（関川夏央）

尾崎放哉全句集　村上護編

「咳をしても一人」などの感銘深い句で名高い自由律の俳人・放哉。放浪の旅の果て、小豆島で破滅型の人生を終えるまでの全句業。（村上護）

山頭火句集　種田山頭火　村上護編　小崎侃・画

自選句集「草木塔」を中心に、その境涯を象徴する随筆も精選収録し、〝行乞流転〟の俳人の全容を伝える一巻選集！（村上護）

絶滅寸前季語辞典　夏井いつき

「従兄煮」「蚊帳」「夜這星」「竈猫」……季節感が失われ、風習が廃れて消えていく季語たちに、新しい命を吹き込む読み物辞典。（茨木和生）

絶滅危急季語辞典　夏井いつき

「ぎぎ・ぐぐ」「われから」「子持花椰菜」「大根祝う」……消えゆく季語に新たな命を吹き込む読み物辞典。超絶季語続出の第二弾。（古谷徹）

一人で始める短歌入門　枡野浩一

「かんたん短歌の作り方」の続篇。CHINTAIのCM「いい部屋みつかっ短歌」の応募作を題材に短歌を指南。毎週10首、10週でマスター！

片想い百人一首　安野光雅

オリジナリティーあふれる本歌取り百人一首とエッセイ。読み進めるうちに、不思議と本歌も頭に入ってきて、いつのまにやらあなたも百人一首の達人に。

宮沢賢治のオノマトペ集　宮沢賢治　杉田淳子編　栗原敦監修

賢治ワールドの魅力的な擬音をセレクト・解説した画期的な一冊。ご存じ「どっどどどどうど　どどうど　どどう」など、声に出して読みたくなります。

増補　日本語が亡びるとき　水村美苗

明治以来豊かな近代文学を生み出してきた日本語が、いま、大きな岐路に立っている。我々にとって言語とは何なのか。第8回小林秀雄賞受賞作に大幅増補。

ことばが劈《ひら》かれるとき　竹内敏晴

ことばとこえとからだと、それは自分と世界との境界線だ。幼時に耳を病んだ著者が、いかにことばを回復し、自分をとり戻したか。

発声と身体のレッスン　鴻上尚史

あなた自身の「こえ」と「からだ」を自覚し、魅力的に向上させるための必要最低限のレッスンの数々。続ければ驚くべき変化が！　（安田登）

パンツの面目ふんどしの沽券　米原万里

キリストの下着はパンツか腰巻か？　幼い日にめばえた疑問を手がかりに、人類史上の謎に挑んだ、抱腹絶倒&禁断のエッセイ。　（井上章一）

全身翻訳家　鴻巣友季子

何をやっても翻訳的思考から逃れられない。妙に言葉が気になり妙な連想にはまる。翻訳というメガネで世界を見た貴重な記録（エッセイ）。　（穂村弘）

夜露死苦現代詩　都築響一

寝たきり老人の独語、死刑囚の俳句、エロサイトのコピー……誰も文学と思わないのに、一番僕たちをドキドキさせる言葉をめぐる旅。増補版。

英絵辞典　岩田一男　真鍋博

真鍋博のポップで精緻なイラストで描かれた日常生活の205の場面に、6000語の英単語を配したビジュアル英単語辞典。　（マーティン・ジャナル）

沈黙博物館　小川洋子

「形見じゃ」老婆は言った。死の完結を阻止するために形見が盗まれる。死者が残した断片をめぐるやさしくスリリングな物語。（堀江敏幸）

星間商事株式会社社史編纂室　三浦しをん

二九歳「腐女子」川田幸代、社史編纂室所属。恋の行方も友情の行方も五里霧中。仲間と共に「同人誌」を武器に社の秘められた過去に挑む!?（金田淳子）

つむじ風食堂の夜　吉田篤弘

それは、笑いのこぼれる夜。――食堂は、十字路の角にぽつんとひとつ灯をともしていた。クラフト・エヴィング商會の物語作家による長篇小説。

通天閣　西加奈子

このしょーもない世の中に、救いようのない人生に、ちょっぴり暖かい灯を点す驚きと感動の物語。第24回織田作之助賞大賞受賞作。（津村記久子）

この話、続けてもいいですか。　西加奈子

ミッキーこと西加奈子の目を通すと世界はワクワク、ドキドキ輝く。いろんな人、出来事、体験がてんこ盛りの豪華エッセイ集！（中島たい子）

君は永遠にそいつらより若い　津村記久子

22歳処女。いや「女の童貞」と呼んでほしい――。日常の底に潜むうっすらとした悪意を独特の筆致で描く。第21回太宰治賞受賞作。（松浦理英子）

アレグリアとは仕事はできない　津村記久子

彼女はどうしようもない性悪だった。すぐ休み単純労働をバカにし男性社員に媚を売る。大型コピー機とミノベとの仁義なき戦い！（千野帽子）

まともな家の子供はいない　津村記久子

セキコには居場所がなかった。うちには父親がいる。うざい母親、テキトーな妹。まともな家なんてどこにもない！　中3女子、怒りの物語。（岩宮恵子）

こちらあみ子　今村夏子

あみ子の純粋な行動が周囲の人々を否応なく変えていく。第26回太宰治賞、第24回三島由紀夫賞受賞作。書き下ろし「チズさん」収録。（町田康／穂村弘）

さようなら、オレンジ　岩城けい

オーストラリアに流れ着いた難民サリマ。言葉も不自由な彼女が、新しい生活を切り拓いてゆく。第29回太宰治賞受賞・第150回芥川賞候補作。（小野正嗣）

飛田ホテル　黒岩重吾

刑期を終えたやくざ者に起きた妻の失踪を追う表題作など、大阪のどん底で交わる男女の情と性。直木賞作家の傑作ミステリ短篇集。（難波利三）

あるフィルムの背景　結城昌治　日下三蔵編

普通の人間が起こす歪んだ事件、そこに至る絶望を描き、思いもよらない結末を鮮やかに提示する。昭和ミステリの名手、オリジナル短篇集。

赤い猫　仁木悦子　日下三蔵編

爽やかなユーモアと本格推理、そしてほろ苦さを少々。日本推理作家協会賞受賞の表題作ほか〈日本のクリスティー〉の魅力をたっぷり堪能できる傑作選。

兄のトランク　宮沢清六

兄・宮沢賢治の生と死をそのかたわらでみつめ、兄の死後も烈しい空襲や散佚から遺稿類を守りぬいてきた実弟が綴る、初のエッセイ集。

落穂拾い・犬の生活　小山清

明治の匂いの残る浅草に育ち、純粋無比の作品を遺して短い生涯を終えた小山清。いまなお新しい、清らかな祈りのような作品集。（三上延）

真鍋博のプラネタリウム　真鍋博　星新一

名コンビ真鍋博と星新一。二人の最初の作品『おーい　でてこーい』他、星作品に描かれた挿絵と小説冒頭をまとめた幻の作品集。（真鍋真）

熊撃ち　吉村昭

人を襲う熊、熊をじっと狙う熊撃ち。大自然のなかで、実際に起きた七つの事件を題材に、孤独で忍耐強い熊撃ちの生きざまを描く。

川三部作　泥の河／螢川／道頓堀川　宮本輝

太宰賞「泥の河」、芥川賞「螢川」、そして「道頓堀川」と、川を背景に独自の抒情をこめて創出した、宮本文学の原点をなす三部作。

私小説　from left to right　水村美苗

12歳で渡米し滞在20年目を迎えた「美苗」。アメリカにも溶け込めず、今の日本にも違和感を覚え……。本邦初の横書きバイリンガル小説。

ラピスラズリ　山尾悠子

言葉の海が紡ぎだす、〈冬眠者〉と人形と、春の目覚めの物語。不世出の幻想小説家が20年の沈黙を破り発表した連作長篇。補筆改訂版。（千野帽子）

ちくま文庫

かんたん短歌《たんか》の作《つく》り方《かた》

二〇一四年七月十日　第一刷発行
二〇二四年九月二十日　第三刷発行

著者　枡野浩一（ますの・こういち）
発行者　増田健史
発行所　株式会社　筑摩書房
東京都台東区蔵前二―五―三　〒一一一―八七五五
電話番号　〇三―五六八七―二六〇一（代表）
装幀者　安野光雅
印刷所　TOPPANクロレ株式会社
製本所　加藤製本株式会社

ISBN978-4-480-43187-5 C0192